# 晚安信

## 在城市裡下載妳的愛情

微讀 著

# 目次

# 晚安信用戶協議

**據衛生署統計，台灣有睡眠障礙的人口已達兩百萬人，每年安眠藥用量約為六千五百七十萬顆，而且數目還在上升當中，年齡層也逐漸年輕化。**

「失眠」已成為這個時代最難以避免的疾病，而這個疾病仍在持續擴散中，目前找不到任何根治的方法。

《晚安信》是二〇二一年年度暢銷ＡＰＰ，號稱失眠人必備的社交ＡＰＰ。

每個人在23：00都可以通過《晚安信》ＡＰＰ寄出一封信。

它的宣傳文案是用舒服的淡黃色為底，用著手寫字體寫著：

**「在漫長的黑夜裡，送出最溫暖的祝福。寫封信，為不完美的自己和解也是一場療癒的旅程。睡不著覺嗎？我在晚安信裡，等你。」**

當你第一次點進《晚安信》，畫面中會出現一個半透明的藍色視窗，右上方有個月亮的圖案。上面寫著：

《晚安信》

使用規則

每晚23：00，你可以隨意選擇：

1. 寄出一封自己所寫的信（角色設定：寄件人）。

2. 接收陌生人的來信。若是對信中的內容有興趣，想要深入了解，就可以按下通信鍵開始與對方展開通信。若對信件沒有興趣，則系統會自動跳轉其他信件，直到有感興趣的信件為止。

（角色設定：收件人）。

記得，寄信時間只在晚間23：00-01：00，超過01：00只能收信不能寄信。寄出的信件會從01：00保留到當天的23：00。逾期未開信的或無答覆的，信件將會完全消失。

準備好了嗎？歡迎進入《晚安信》。

# 序：晚安信的序幕

睡覺是人類最原始的本能
漫漫人生道路　我們都需要短暫的休息
安穩入睡擺脫疲勞
但是
如果不巧未能順利搭上睡著的列車
也不用擔心是否就是異類
在黑夜裡還是有人
願意默默傾聽
你的心情

晚安信

**根據台灣睡眠醫學學會二〇一九年最新調查發現，全台慢性失眠症盛行率為10.7%；而根據健**

**保資料庫統計，國內失眠人口從二〇一七年的近七十四萬人，逐漸上升至二〇一八年七十八萬人。**

當睡覺變成每日的課題，你是否會把它視作一種壓力？

睡不著也沒關係

再黑的夜也會迎接白天的降臨

這本書是探討關於陪伴的故事。

日日夜夜飽受失眠煎熬的人們，在遇見彼此之後，開始相互傾吐心事，一起救贖、一起成長，

希望這些故事可以帶給現在黑夜中的你，一點點光明。

睡不著嗎？我在《晚安信》裡等你。

# 第一封：您好嗎？夜晚才會出現的人

躲進黑壓壓的人潮中，隨著軌道蜿蜒著。

冬天的車廂裡，多數人總是裹著一身暗色系，彷彿在為自己的人生上色。

每次搭捷運的時候小恩總覺得，自己就像是躲在一條黑色巨蟲的肚子裡。

這隻黑色的巨蟲吞噬著人類，帶著他們穿梭在都市中的隧道。

來自四面八方的人群，因為被吞噬而有了短暫的交集。

這一站，板橋。

小恩記得去年12月帶著媽媽一起來看聖誕樹，那時就坐在車廂的左側，手中還提著外公愛吃的雞腿便當，空氣裡飄散著滷汁的香味。

小恩那時興奮地對媽媽說：「等將來我在台北發展穩定，就把妳和外公接過來，我們三個一起住。」

不過才過一年，小恩就有些反悔了，這個願望對她來說顯得過於沈重。

「喔，對不起喔。」一名戴著鴨舌帽的男子魯莽地撞到她。

小恩揮著手，呢喃說句沒關係，像是說給自己聽。

怎麼會沒關係？

手中的雞腿便當不知從什麼時候開始變成沈重的電腦包。

小恩茫然地看著映照在玻璃上的自己，離開校園後已然社會化的她，已經走了多遠了？

下一站，西門。

她不能再像從前那樣，隨心所欲的閒晃，毫無目的的浪費一整天。

如今，邁出去的每一步，全都是被精心規劃好的路線。

該走到哪，該去哪裡，早已注定好了。

西門站綠線轉紅線，搭到中山站。

沒有意外的路線，沒有意外的早晨，沒有意外的，還是要上班。

每天的生活就像一個圓，反反覆覆的看不到終點。

早上08：56，通常都是電梯裡最擁擠的時候。

廣告部的阿姨們都趕著到公司打卡，每個人像連體嬰一樣，使出渾身解數的努力塞進明顯空間不足的電梯裡。看著她們臉不紅氣不喘的擠壓著別人，那種正氣凜然的氣勢總是可以成功讓人退避三舍。擠不進電梯的人，就只能摸摸鼻子改搭注定會遲到的下一梯了。

今天幸運擠進「最後一班」電梯的小恩幾乎每經過一層樓都在心中倒數，十、九、八、七……。

收拾好早晨的狼狽，倒數一秒，電梯門開了。阿姨們各個面紅耳赤的你推我擠跑到打卡機前。小恩則悠悠地站在她們後面，旁觀著上班族的奇特風景。

「早啊！」漢娜嘴裡嚼著摩斯漢堡，一副食不下嚥的樣子。

小恩瞥一眼夏姐的辦公室，確定座位上沒有人，鬆了一大口氣。

「喔，好險，夏姐還沒來。」

「對啊，她今天好像早上有會，所以不會來。」

小恩所處的新媒體部門屬於這家老牌企業的新型部門，首度廢除打卡制。

雖說制度如此，但大家都知道誰要敢比夏姐還晚到就要倒大楣了。

進入職場後，才會發現沒能白紙黑字寫清楚的規定才是真正讓人懼怕的。

「嗯，所以下午會來上班嗎？」

「這可能要問孫靖吧，她不是夏姐的得力助手嗎？」漢娜故意粗聲粗氣地說。

還好孫靖剛好不在座位上，不然這兩個互看不順眼的人肯定又得來場冷嘲熱諷了。

「今天要討論的企劃案，妳寫得怎麼樣？」小恩戴起眼鏡，拿出包包裡的筆電。

「不怎麼樣啊，反正最後還不是都會被改的亂七八糟。」

只要每次新媒體部有任何大小文章，都要經過主管夏姐的審核，基本上就是百分之百會被退件。

小恩不禁冷笑，「妳也不要這樣，快傳給我吧，我來做總結。」

「嗯，我用LINE傳給妳。」

「好。」

漢娜站起身來，做了好幾個伸展。有意無意地往隔壁廣告部看了許久。

過不久，只見她悄悄湊近小恩的耳邊說：「妳有聽說廣告部最近新加入一個可口的小鮮肉嗎？」

小恩根本沒有空去理她，邊打字邊答覆：「嗯？誰啊？」

「我昨天晚上下班之前好像有瞥到一眼。」漢娜神祕兮兮的說著。

漢娜見小恩沒有回應，自顧自地演說起來。

「最近廣告部最新話題都圍繞在這個小鮮肉身上，看看那些阿姨們如今打扮得花枝招展的樣子，有點可笑。」

小恩這才想起今天在電梯裡看到的那群阿姨們，打扮確實變得不太一樣。來公司已經快滿兩年，這還是第一次見識到阿姨們驚人的化妝天賦。

但這全都是因為那個「小鮮肉」影響？

天知道那些阿姨平日裡到底是遭受怎樣的壓抑，才會想藉著和小鮮肉互動來消遣自己已經無可救藥的生活。小恩沒來由的同情著那群阿姨們的人生。

她由衷的希望自己到了那個年紀不要過著像她們一樣平淡又了無生趣的人生。

就像現在正扯著嗓子講話的阿慈姊，據說是公司裡的千年班底。

全公司上上下下的人都知道她，並非是因為她位高權重，而是因為她那天生下來的高分貝，讓人很難忘記她的存在。

「妳們這群女人少在那邊八卦，人家彭皓弟弟今天出去談case。不要再議論紛紛了。」這句話瞬間澆熄了阿姨們的熱情。只見阿慈姊一臉驕傲的環顧四周，慢悠悠的晃回自己的座位。

阿慈姊除了有著一副天生的大嗓門，她最厲害的絕活之一就是「包打聽」。

舉凡公司大大小小的事，從廣告商的資訊、美術部的八卦、高層的密謀等，無論是公事還是私事，她都一清二楚。

眼見漢娜一臉失望的回到座位。小恩忍不住噗哧一笑。

「誒，妳幹嘛？有必要那麼失望？」

「不是啊，我今天下午剛好有採訪要外出，又沒辦法看到那個小鮮肉的廬山真面目了啦。」

小恩沒繼續搭理她，只好繼續放任漢娜在一旁抱怨。

「小恩啊。」

聽到這種語氣，小恩直覺準沒好事。

沒好氣的回了聲，「蛤？」

「妳人最好了，幫我鑑定一下小鮮肉吧。」

小恩朝著漢娜翻了一個大白眼後，隨手拿起耳機戴上。

「哎呦，不要這樣啦。就拍一張照片傳給我看看就好。」

漢娜見小恩還是無動於衷，只好使出殺手鐧。

「那，妳那個專案，我幫忙寫三篇怎麼樣？」

小恩這才緩緩拿下耳機，比了個ＯＫ。

就這樣，達成祕密交易。

到了下午，夏姐依然沒有進辦公室。她的行蹤成謎，沒有人也不會有人知道她究竟會在哪天突然出現。

手中還有好多企劃案等著給她批閱，按照她那種審查速度，這個案子到月底也過不了。

一想到不久之後還要為這案子加班，小恩就感到莫名頭大。

「那個，妳的水滿出來了……」一名男子的聲音悄悄從小恩背後傳來。

小恩這才意識到自己放在飲水機上的水杯已經溢滿了超載的水。

「喔……」

男子不知從哪變出一張面紙，從後面遞給了小恩。茶水間畢竟太過狹窄，兩個人就這樣面面相覷了好一陣子。

「請問，妳還要用嗎？」男子突然開口這才將小恩迷離的思緒牽回。

「喔。」小恩默默移開了身體，走出茶水間。

「不好意思，這個杯蓋是妳的嗎？」

「對，謝謝。」小恩感到有些不好意思，自己到底在神遊什麼，怎麼就這麼心不在焉。

那個男生，怎麼有些眼熟？

白皙的側臉，微捲的瀏海，整齊的橫條襯衫搭配沒什麼特色的牛仔褲。

這身裝扮，似乎在哪裡看過。小恩歪著頭回到座位，還來不及多想，漢娜的訊息先傳來了。

**漢娜：哈囉，怎麼樣啊？**

**小恩：什麼？**

**漢娜：小鮮肉啊**

**（貼圖）**

**他不是下午進公司**

**妳沒看到嗎？**

**（貼圖）**

小恩歪著頭努力回想著剛剛在茶水間碰到的那名男子，說不定他就是小鮮肉本尊？

「小恩，妳來！」夏姐不知從什麼時候進到辦公室，包包都還沒放下就對著小恩發下命令。

小恩這才慌張地拿起紙筆衝進夏姐的辦公室。

「妳那份新專欄的企劃書做得怎麼樣？」夏姐今天穿的是寶藍色的連身裙，上面配有銀線裝飾的蝴蝶圖案。

看來夏姐今天心情不錯。

「喔，已經完成的差不多了，我等等印好一份給您過目。」小恩自信的答覆，深知這樣的回答一定找不到任何錯誤。

「嗯，好。妳做事就是有效率，我放心。等全部完成再給我看就好了。去忙吧。」

「好的。」

小恩走出辦公室，暗暗竊笑著，果然和她猜想的沒錯，夏姐今天肯定接到大Case，才會這樣笑臉迎人的。

察言觀色，是進入職場裡首要學會的第一堂課。

「是那件寶藍色連身裙對吧，而且還有蝴蝶的圖案。」漢娜的聲音幾乎都要蓋過居酒屋內的所有人。

每次星期五下班，小恩都會跟漢娜相約到公司附近的居酒屋內喝酒，算是慶祝放假。

「答對了，她今天就是穿那件。」

「那就是她的戰袍啊。」漢娜一臉得意洋洋的樣子，「她那時還跟我們炫耀說這是哪個集團老闆娘送她，讓她頓時身價多了好幾個零。」

小恩翻了個大白眼，一口乾掉了眼前的生啤酒。

「誒，對了，都還沒問妳，今天有看到小鮮肉嗎？」這個八卦的眼神小恩真是再熟悉不過了。

「應該算……有？」小恩艱難地擠出這四個字，反正不管她回答什麼，必定都會聽到一聲尖叫。

「蛤？真的假的？」果不其然，漢娜的高分貝再度引起店內關注。

小恩比個手勢要她小聲一點，漢娜這才摀上嘴，乖乖坐下。

「什麼意思啊？那他長得怎麼樣？」

「我不太確定，我今天看到的那個男生到底是不是你口中的小鮮肉。」

看著漢娜困惑的表情，小恩接著補充說：「就是，與其說是小鮮肉，我覺得他看起來，有點熟悉，就很一般，但又很親切……」

「誒，妳怎麼越說越難懂啊？」

「反正，妳下禮拜自己去看看不就知道了。」

接下來不知道話題中出現過多少次關於小鮮肉的消息，小恩有些心不在焉地聽著。現在的她感覺一點也無法抽空關心與自己毫無相關的人事物。

小恩其實一直很不懂漢娜為什麼總是對別人的事那麼關心。那些八卦根本就是毫無意義的消息。更何況，每天忙著過自己的人生已經夠累了，幹嘛還要花費心力去了解別人。

小酌幾杯後，小恩獨自搭著捷運回家。

星期五的夜晚，總是越夜越美麗。

小恩百無聊賴地環顧四周乘客，有個面容憔悴的大叔，抱著公事包低頭發呆，看上去就像是經歷了一整天的磨難。生活就像是他身上那套西裝，只有黑與白。坐在大叔旁邊的是個看上去年約20出頭的妹妹，白色小洋裝配上過濃的粉底讓她的歲數添增許多。年輕的女孩總是喜歡用化妝來飾演成熟的樣子，但是她們從沒想過，成熟靠的是智慧與經歷，而不是這些花花綠綠的粉底眼影。即使表面看上去成熟了，內心的幼稚與天真卻是用再多顏料也掩飾不了的。

小恩看著形形色色的臉孔映照在對面的玻璃窗上。

有的像是過去的她、有些則像極了未來的她。

當未來用著已知的面孔清楚印記在自己面前時，好像就已經沒有什麼好期待的。

她看著面容有些模糊的自己，隨著捷運加速被拉扯變形。

為什麼這樣的生活讓她感到好累好疲憊。

穿梭在人群之中，小恩很想就這樣停下腳步，不要再過著一成不變的日子。

只可惜，這樣的想法，到站之後就會暫停。

走向通往現實的平凡出口。

一出捷運站口，餘光撇見有個年輕的男生正站在路邊買愛心餅乾。

小恩不經意多看了一眼，突然覺得身邊這個人的樣貌怎麼有些熟悉。

「嘿，妳不是我們公司的嗎？」男子開口了，是今天在茶水間看到的那名男子。

「真巧啊。」感覺不知道該說什麼的時候，這三個字最能巧妙帶過。

「對啊，妳住這附近？」殊不知，這男子竟有把句點起死回生的能力。

「嗯，對啊。」

趁著他低頭找錢包，小恩搶一步說了句，「那我先走了。」

揮手道別，逃也似的離開「案發現場」。

還是不習慣和陌生人打交道，小恩向來獨來獨往。過去如此，現在也依舊。

一回到自己熟悉的住所，小恩迫不及待換下一身舒適的衣著，慵懶的躺在沙發上發呆。

這是一個禮拜當中最享受的時刻了吧，明天不用早起趕捷運，不用擔心計畫書被駁回，不用再看夏姐的臉色……

小恩拿起手機點開Podcast，晚上十點，夜貓族ＤＪ要上線了。

這是一個專屬於夜貓族的電台，小恩最愛其中一個名叫黑鳥的ＤＪ，她總覺得這個黑鳥先生的聲音很有磁性，比起其他台的ＤＪ說話像機關槍掃射，黑鳥先生顯然有著自己說話的節奏。輕輕的、慢慢的，感覺什麼話從他口中說出，都會變成一句讚美、一份享受。

**哈囉，各位夜貓子夥伴們晚安啊，我是ＤＪ黑鳥。**

**今天的你過得還好嗎？**

**完成了一個禮拜的工作，給自己好好獎賞吧。**

**其實不管你今天過的好與不好，都值得給自己鼓勵。**

**好好地摸一摸自己的頭說，今天辛苦了，你做得很好喔。**

小恩下意識地摸了摸自己的頭，在心裡默念著，「這個禮拜辛苦妳了。」

她不知道從什麼時候開始，只要聽見黑鳥先生的聲音，內心就會感到平靜，好像在孤獨的夜晚，也有人相伴。

但是每當廣播結束，小恩又得回到現實，獨自面對數年來困擾自己的巨獸。

睜眼、閉眼、睜眼、閉眼，全是黑的，像是個靜止的畫面。

眼前只有濃厚的漆黑和擾人的蟬鳴。

每當失眠的時候，小恩都會覺得世界彷彿只剩下她一個人，在夜裡感到淒涼。眼淚會不知不覺地落下，但也不知道自己究竟為了什麼在難過。

時間真的在流逝嗎？還是那只是時鐘滴答滴答的聲響？

登登登——登登登——

又是惱人的鬧鈴。

她記得昨晚明明設定的是療癒型輕音樂，怎麼早上聽感覺像震耳欲聾的噪音？

早上七點半，又度過了一個沒能入睡的夜晚。

小恩無力地拖著承重的身體，拉開布滿璀璨星星的藍色窗簾，太陽依舊厚臉皮的閃著它刺眼的光芒。胡亂洗漱過後，她拿著櫃子裡剩下的咖啡膠囊放進企鵝造型的咖啡機裡。沒幾分鐘，一杯熱騰騰的焦糖瑪奇朵就完成了。

還來不及品嚐，一條條訊息把她瞬間帶回現實生活。

登登——

**星期一上午要開早會，記得準備提案報告**

登登——

**最好今天先給我過目一下**

登登——

**上禮拜的蒐集到的採訪資料也要放進去**

一條訊息一道命令。

像這種祈使句的用法不是所有人都能學的會。

對很多人來說，早晨代表的一天嶄新的開始。但對於小恩這種重度失眠患者來說，早晨不是一天的開始，而是昨天的延續。

她毫無興致地吃著自己胡亂做的早餐，腦海不斷浮現前幾天在書上看到的那句：「**有錢人讓錢為自己工作，而窮人則是用時間來換取金錢。**」

所以人生總是有很多事，本來就是不公平的。

已經連續三個禮拜的週末都在製作提案報告，眼看著夏姐在貼文串上發著一張又一張的下午茶自拍照。

小恩一邊咬著吐司一邊打開桌上的筆電，她很想知道像這樣沒日沒夜的工作究竟要到什麼時候。疲憊似乎從來都沒有盡頭。咬著吐司混著委屈一同吞進肚子裡，她只能認命的一個鍵一個鍵完成報告。

這個週末，看來還是不用過了。把提案報告寄出的時候，已經下午四點半了。

突然把事情做完，渾身竟有些不自在。是習慣被折磨久了，連腦子都被澈底奴化了。感覺這樣的放鬆時刻應該持續不了多久，總之一定又會被某種奇怪的生物召喚。

果不其然，吃過晚飯後，那女人的訊息又如潮水般湧入。

算了，就這樣放著吧。

小恩旋即把手機丟在一旁，倒頭塞進被窩中。

她心裡想著：「哎，就一下下吧，我只想好好睡個覺。睡個不用擔心工作的覺，睡個不用再過著提心吊膽的覺，睡個心安理得的覺。」

好不容易覺得自己就快進入夢鄉了。

**小恩，晚上一起吃火鍋怎麼樣？**

一條難以忽略的訊息閃過。

是漢娜。

小恩想了一下，隨後傳了個ＯＫ的貼圖。

火鍋店裡幾乎沒有剩下幾個空位，顯然大家都過了個不錯的週末。小恩從煙氣瀰漫的縫隙中瞧見漢娜正朝著她揮著手。一走近，才發現漢娜旁邊還坐著美編黑哥。今晚勢必要要開場抱怨大會了。

「誒，小恩，妳今天在忙什麼啊？打給妳都不接？」漢娜一邊翻著menu一邊問道。

「哎，別說了。今天加班。」

漢娜跟黑哥幾乎同時露出一臉訝異的表情，隨後很有默契地表示完全能夠猜想到。

「沒辦法，做我們這行都這樣。妳已經比我以前好很多了。」

黑哥在公司的時間最久，已經看過太多來來去去不同的新人。

「蛤？難不成還有比現在更慘的啊？」漢娜驚訝的扯著嗓大叫。

「誒，大小姐。妳身體裡的音量調節器是不是總是故障啊？」

被黑哥這麼冷不防的挖苦，漢娜有點不是滋味的默默閉上了嘴。

「好啦，你們兩個很愛鬥嘴誒。」小恩在他們中間總是扮演和事佬的角色。

天知道這兩個人到底是八字不合還是歡喜冤家。沒過多久，火鍋蔓延的煙氣已經燻得小恩變成瞇瞇眼。

「壓力大的時候，大口吃肉就是最好的舒壓方式啊。」

小恩在一旁點頭以示同意。

和同事大快朵頤後，小恩回到家放下手機，才發現天色已經暗了許多。

一天又這麼過了。每天最害怕的時候莫過於看著天空不斷刷上一層層暗黑。

失眠，已經很久了。

久到小恩根本記不得是從什麼時候開始，睡覺這麼理所當然的事，對她而言卻是這麼困難。常常熬到凌晨兩點、三點、三點半、好不容易擺脫糾結的思緒，睜開眼卻還是黑夜。全世界一片寂靜的時候，最容易聽見自己內心的聲音，這也是小恩最討厭的時候。

每當這時，她都會拿起手機，播放那首Perry Como的《And I Love You So》。

這是媽媽最喜歡聽的歌，童年時代，小恩總會在半夢半醒間聽到這首歌的旋律。她曾有好幾次半夜從房間走出，透過門縫悄見媽媽坐在沙發上，閉著眼睛靠著收音機。其實從很小的時候她就一直想問媽媽，為什麼這麼晚了都不去睡覺。

雖然答案，她或許早就知道的。

登登登——登登登——

星期一早上六點半，依舊是無情的鬧鐘打破早晨的寧靜。

小恩費了好大的力氣才說服自己從被窩裡掙脫，勉為其難地梳理一下萬年蓬鬆的亂髮，便急急忙忙的出門了。她的租屋處裡有台老式的電梯，常常夾到人手不說，速度簡直一天比一天還慢。小恩住在七樓，這棟樓總共有十六層。上班時間，總是要等個三趟才能順利下樓。

她歪著頭，邊綁頭髮邊等電梯，心想著：「夏姐早上好像要去開會，應該下午才會進公司，現在去公司剛好還有時間把報表做完。」

一天的開始，根本就沒有時間思考自己早餐要吃什麼，就先擔心下午的會議能不能順利過關。

緊接著馬不停蹄連換了兩趟捷運後，小恩一步步踏著樓梯走出捷運口。

「嘿，好巧？」這聲音，又是他，那個在茶水間碰到的男子。

「誒，對啊，又見面了。」

「妳從哪裡過來的？我剛剛好像在車廂裡就有看到妳。」他今天戴著一副圓框眼鏡，瀏海刻意捲成一個逗號，看起來像是個大學生。

「永寧站附近。」正在樓梯間行走，小恩不想花費太多力氣在說話上。

「永寧啊？有點遠，到公司大概要花半小時？」他似乎沒能意識到小恩的不耐煩，繼續自顧自地與她搭話。

「大概四十分鐘吧，包括轉車。」

好不容易終於走出捷運口，小恩忍不住嘆了一口好長的氣。

每次上班都要爬上這一層層小階梯，都要把人一大早的體力都給耗掉一半了。

她瞥了一眼站在身旁的男子，仍舊臉不紅氣不喘的自我介紹，「對了，我是廣告部的，我叫彭皓。」

聊過這麼多次，還都不知道對方名字好像不太好。小恩轉過頭，禮貌地說，「我叫李沂恩，新媒體部。」

「新媒體喔？聽起來很厲害誒。」

「沒有啦，只是小小的編輯而已。」

通常話題聊到這，照理來說應該很難繼續聊下去。

殊不知彭皓冷不防地回說：「我聽說，你們的上司叫做夏姐對吧？氣場有點強，對下屬好像很……。」

彭皓刻意沒把話說死，但小恩早已意會，卻還是裝作什麼都不知道的樣子。

「夏姐嗎？嗯……一言難盡吧。」小恩說話總是趨向保守，尤其還不知道對方來歷時。

小恩早在進入職場前就被媽媽告誡過，不要太相信同事，更不要隨便在職場中樹立敵人。

起初小恩覺得是媽媽太過大驚小怪，那種刻板觀念絕對不適用在當前的職場中。

但她錯了。

在剛進職場的第一年，她就被同公司的姊姊背地裡狠狠的背叛過。她當時就是太過相信這個職場前輩，才會傻傻地將所有心情一五一十地與她分享，殊不知她竟然是公司總經理夏姐的眼線，怪不得小恩至今仍未能受到夏姐重用。

對於直屬上司夏姐時不時會在部門裡安插眼線早已不是祕密，聽說這就是夏姐之所以可以穩居總經理寶座的原因。

雖然小恩現在的歷練還不夠多，但也早已不是當年的天真的菜鳥。職場裡沒有真的朋友，即使是眼前這個看似無害的大男孩也一樣，小恩自然的築起圍牆，一點空隙也不留。

從捷運站走到公司需要10分鐘的時間，彭皓邊走路邊看手機，小恩慣例走到街角旁的那家7-11，轉頭問彭皓：「我要去小七，你要一起來嗎？」

彭皓一愣，點點頭跟了過去。

小恩每天早上總是習慣去7-11來一杯焦糖瑪奇朵，年復一年，從不變換。

彭皓則是站在冰箱前看了許久，最後拿了一罐果汁，興匆匆的去排隊結帳。

她其實沒有特意要等他，只是覺得基於一種禮貌，不方便自己先走。彭皓結完帳之後才慢吞吞地走出門口，小恩看他這副輕鬆悠閒的樣子，忍不住提醒：「你們部門有打卡制喔，你只剩下五分鐘了，沒關係嗎？」

「啊！對齁！」彭皓這才意識到自己快要遲到，急急忙忙的跑向公司。

小恩跟在他的後面笑著，看著他的背影，忍不住想著，這男的究竟是裝傻還是真傻？讓人產生了好奇。無聊的生活裡，已經多久沒有遇過值得開心的事。

或許，這個彭皓的加入可以為公司帶來些許活力吧？小恩想著。

就這樣每天上班下班，一晃眼就過了大半年。

進入社會後的人生，只剩下上班與休息兩種計算時間的方式。

上班的時候，小恩常常會忘了今夕是何年，因為每天都度日如年。最後乾脆把礙眼的桌曆也暗藏在抽屜裡，眼不見為淨。

「早！」漢娜今天綁了個高馬尾，看起來像是大學生一樣。

「早！」

「小恩啊，妳又沒睡好喔？」

「對啊。」小恩連忙低下頭換上舒適的拖鞋。

「哎，還不是因為某人，每次都叫我們小恩加班，啊又不給加班費，到底要壓榨勞工到什麼時候？」漢娜故意拉高嗓門，唯恐天下不知。

只見隔壁廣告部的同事忍不住對小恩投以同情的眼光。殊不知這樣格外關愛的眼光總是讓人感到不舒服。

「我沒事啦。精神抖擻！」小恩說完後又覺得自己的尾音都在顫抖。

「可是……」漢娜欲言又止，想必是小主管來了。

「九點半，會議室集合。」她那不帶有情緒的聲調，聽起來更像是一種命令。

孫靖是公司的小主管，總經理夏姐的愛將，才大小恩一歲就長得一副職場老鳥的樣子。

雖然小恩鮮少與她交流，但也說不出為什麼，小恩就是不太喜歡她。

或許人與人之間的緣分就是這樣，從剛見面的那瞬間就可以知道，這個人注定和自己不會是同一路人。

從孫靖的表情裡，讀不到關於開會內容的絲毫線索。

**漢娜：妳剛剛有沒有看到她和瘋女人開完會走進來的樣子？**

**小恩：沒有，我在準備週報表，妳別煩。**

**漢娜：不是啊，那臉真的有夠臭**

**（貼圖）**

小恩沒有再去點開她的訊息，距離九點半只剩不到十分鐘，得快點把等等開會要討論的東西給梳理好，免得又被挨罵。

「時間差不多了，大家往會議室移動吧。」

九點半，會議準時開始。

參與會議的連小恩在內不過就九個人。

但是大家都知道，這九個人只能有一張嘴巴說話。

夏姐最近剛過完五十大壽，心情好得不得了。

從她身上穿的那件藍色碎花連身裙就可以看出她今天心情極佳，一臉笑瞇瞇地看著大家。

其實大夥最怕就是她這個樣子，笑裡藏刀，最傷。

「沂恩，妳先說吧。」夏姐一臉理所當然地看著小恩。

「好，那個我負責的項目目前已經開始執行，關於蘇丹保養品公司今天會進一步與我洽談合作事項……」

「等等，蘇丹保養品？」還沒聽人說完話就急著打斷，可說是夏姐的招牌開會方式。

「對的，就是上禮拜有跟您說過，有個保養品公司想要請我們做廣告宣傳和行銷規劃……」

「但我有說要跟他合作嗎？」她的語氣明顯有些強勢。

小恩故作鎮定，「有啊，您上禮拜跟我說，感覺這家公司很可靠，可以合作試試看……」

「我只是說可以試試看，妳怎麼那麼快就要跟人家洽談了？妳有經過我的同意嗎？」

「我……」小恩環顧四周，全場的人都低著頭，像是做錯什麼事。

小恩這才意識到，在職場裡，根本沒有所謂的同盟。只有上對下，強欺弱。

「小靖，我有說過要跟他們合作嗎？」夏姐轉頭看向坐在一旁的孫靖。

孫靖看了小恩一眼後說，「上次會議我剛好沒有參與到，晚點我會跟小恩一起去了解確切的合作事項，再來討論是否要做進一步推展。」

夏姐這才像是接回理智線，說了句「嗯。」就當作是種回答。

小恩不知道那天會議到底是怎麼結束的，只記得會後又被夏姐叫到辦公室，連續聽了半個小時的「前輩道理」。

「妳，還好嗎？」

「沒事啦，都習慣了。」小恩不知道這樣算不算是自我安慰。

日式料理店裡沒有幾個人，牆上貼滿了中日夾雜的文字，昏黃的燈光讓人提不起精神，聽說這家店晚上真的會變成深夜食堂，怪不得小恩每次來都有種置身於電視劇的錯覺。

「我覺得她真的越來越過分了，那天妳彙報她時，大家都有聽到啊。幹嘛要這樣處處找人麻煩啊，有病！」漢娜憤怒地將盤內最後一片豬排塞進嘴裡，好像在咀嚼的不是食物，而是某個討人厭的東西。

小恩心裡想著：「如果妳真的那麼替我打抱不平，那當時在開會的時候為什麼不說？」可是想著想著又覺得，大家不過都是努力在職場上撐下去的辛苦人，這又能怪誰。每個人都是出來餬口飯吃的，沒必要這樣自相殘殺。再這樣孤僻下去，她恐怕要真的成為一座孤島了。

只是每當小恩看到漢娜這副「事後」為她打抱不平的樣子，總會忍不住想笑。

那種感覺就像是在聽某個與自己無關的笑話一樣。

其實小恩也並非真的毫無情緒，只是有的時候連生氣都覺得很累。

她總覺得，努力生活已經很累了，就不想再花費太多力氣在抱怨和計較上。

這是她做人處事一貫的態度，不屬於自己的不爭、不強求。

「いらっしゃいませ」耳邊傳來居酒屋老闆娘充滿朝氣的聲音，頓時引起店內所有人的注意。

小恩與漢娜同時轉頭一看，是個熟悉的身影，原來是彭皓。

小恩這才發現，最近很常在這家店碰到他。

他還是戴著OWNDAYS的圓框眼鏡，配上自然捲造型，仔細一瞧，他好像比早上看到的還瘦了一些。

「誒，那不是隔壁廣告部的彭皓嗎？」漢娜似乎對他很感興趣。

「怎麼，妳很熟？」小恩的語氣有些嘲諷意味。

「也不是啦。只是常聽那群廣告部的阿姨們討論他。」她的視線從彭皓一進門就不曾移開。

「常常討論他？」

漢娜這才轉過頭來跟小恩娓娓道來：「這個彭皓，從他剛進公司第一天開始就引起不少人的關注。尤其是他剛好出現在平均年齡超過40歲以上的廣告部裡，那些自稱「姊姊」的阿姨們對他的關心自然少不了。」漢娜話才剛說完，斜對角的那對情侶剛好離座。

彭皓和他的同事自然地補上空位，這個角度不好再背後議論他的八卦。

之後的用餐時間，小恩和彭皓不小心眼神交會的時候，都會有意無意地避開。

會這樣刻意避開的原因，只有他們兩個人知道，起源於三個月前。

當時，彭皓剛從大學畢業旋即就進入公司，個性有些孤僻的他其實沒能認識幾個人，在公司裡又常常要面對那麼多對他過分熱情的阿姨們，時常感到相當不自在。

就在某天彭皓獨自跑到離公司較遠的地方吃著摩斯漢堡，那天漢娜正巧請假不在，小恩原本打算買個外帶回去公司吃，卻不知哪根筋不對，就這麼上前和他聊天。

「你一個人啊？」小恩指著他旁邊空著的椅子。

「喔，您好……」彭皓有些驚訝，連忙推開旁邊的椅子。

「在忙些什麼？」小恩探頭看著彭皓的筆電。

彭皓像是做了什麼虧心事一樣，急忙把筆電蓋上。

「沒什麼，就看一些數據而已。」

看到彭皓那副心虛的模樣，像極了小男生偷看A片被抓包一樣，小恩忍不住噗嗤的笑出聲來。很不會聊天的兩個人始終有一搭沒一搭的說著話。

最後兩人就各自默默吃著漢堡，雖說是坐在一起，看起來更像是被無奈併桌的陌生人。

總以為陌生人之間應該除了上班之外，不會再有其他交集，卻沒想到彭皓竟在同年十二月時成為小恩的鄰居。

彭皓搬家那天穿了件白色素T，配上灰色運動褲，一個人費力地搬著楓木色書櫃準備將自己塞進電梯，

「那個，不好意思……」聲音聽起來有些靦腆。

「喔，抱歉，剛剛沒看到」剛走進電梯裡的小恩隨即按下開門鍵。

「你要去幾樓呢？」

「7樓，謝謝。」

小恩搭電梯總是習慣最後一個走出電梯。若是有人剛好要到同一個樓層的話，她都會習慣性讓別人先走。

會這樣做的原因一方面是基於禮貌，另一方面就是害怕被人跟蹤。所以小恩總喜歡先知道對方到底要去哪裡才放心。

可是那天兩個人一起到了7樓後，居然沒有一個人出去。

「那個，7樓到了。」當小恩正轉身提醒他時，兩個目光對視，同時呆住了。

「你？」

「妳？」彭皓差點將手中的櫃子滑落。

兩個人幾乎是異口同聲地問，小恩的手指還不忘按著開門鍵。

從那天起，他們變成了同事兼鄰居，多了個鄰居的角色，彭皓很自然的便與小恩走得比較近些。其實和彭皓成為鄰居的事，小恩不敢告訴公司裡任何一個人。一來是不想惹來太多奇怪的關注，二來則是小恩總是習慣一個人獨來獨往，她原本想著即便彭皓成為她的鄰居應該也不會對她的生活造成太多影響。

但她錯了。

彭皓不僅很習慣跟著小恩一起上下班，就連在公司裡也經常會有意無意地跨部門來找小恩聊天。

「彭皓，其實我不喜歡我們一起這樣上下班。還有，你在上班的時候，不要有事沒事就來我們部門，這樣我覺得很不自在。」這是小恩第一次嚴正對他說出想法。

彭皓看到小恩這麼認真的神情，先是感到驚訝，過了沒幾秒就笑了出聲。在三番兩次被小恩嚴厲指謫之後，才默默答應這項奇怪的共同協議。之後只能在下班後，或是正巧出門遇到時打招呼就好。其他時間兩個人要裝作不認識。這中間，其實有好幾次彭皓都試圖和小恩商量過，「其實小恩……」

小恩的樣子看起來有些為難，彭皓只好改口，「沂恩。」

「其實我不知道妳到底在害怕什麼。我們應該是朋友吧？朋友之間相處很正常啊。」

「我……」小恩其實很不喜歡解釋。但眼看彭皓一臉難解的樣子，讓小恩終於忍不住對他說出心裡的疑慮：「人通常都喜歡聽自己潛意識喜歡聽的，越解釋只會讓事實越離越遠。」

話語剛落下，小恩才感到思緒有些恍惚。

這句話，好像從小就聽過。

才一回神，漢娜就已伸手喊道：「誒，彭皓，我是新媒體部的劉漢娜，她是李沂恩。」

漢娜這個人還真是自來熟，根本就不顧這還在大馬路上，就直接跟剛從日式料理店走出來的彭皓熱情地搭訕。

「你們好，我是廣告部的彭皓。」

說完，彭皓和小恩同時交換一下眼神，確認彼此都知道此刻該扮演什麼角色。

「喔，彭皓，你剛剛不是才在跟同事一起吃飯嗎？怎麼提前離席了？」

「喔，手邊還有幾個項目沒有完成，想趕緊回去做。」

「你還要加班喔？這麼辛苦，要不要外帶一些宵夜等等回去餓的時候可以吃啊？」眼看漢娜就要打開話匣子，小恩悄悄地走到一旁的小七買果汁。

彭皓的眼神不自覺得會跟隨著小恩，隨即才回過神說，「不用了，我忙好就要回家了。」之後便頭也不回的往公司走去。

「誒……」漢娜好像還有話想說，但看到彭皓這麼著急回去，也就不好意思耽擱。

上班下班，今天就像是複製昨天的日子，每天的輪迴。才一晃眼，幾個月又過去。

小恩每天依舊過著朝九晚六的生活，平淡而無味。

無趣又缺乏自由的日子，對於剛入職場的彭皓來說，更像是場折磨。

每天早上一走入辦公室，就可以聽到廣告部那群大媽誇張的笑聲。

有的時候刻意往裡頭一瞧，還會看見彭皓有些扭捏地坐在位子上打字，臉上堆滿了無奈的笑容。

「誒，小恩，妳看那個彭皓。」漢娜一見到小恩，便拉著她說著自己最新收到的八卦。

「嗯，怎麼了？」

「彭皓感覺已經漸漸融入那群阿姨們了，他不是才剛到公司還未滿一年而已嗎？」

「喔，那不是很好嗎。」小恩若無其事的放下包包。

「很好？只是想不到彭皓這個人居然沒有被那群過分熱情的阿姨們給嚇跑誒。」聽不出漢娜語氣中含有什麼意涵。

眼看著漢娜要繼續趁勝追擊，小恩逃也似的拿著水杯往茶水間衝。

漢娜還來不及反應就被一旁的美編黑哥叫住。

這下小恩總算得出時間好好放鬆一下。每個禮拜一，小恩總會感到很不安。心裡不上不下的，讓人難以平靜下來。

「早啊！」遠遠的就聽到夏姐走進辦公室的聲音，還沒來得及回過神，夏姐堆滿著假笑的臉就要迎面而來。小恩趕緊躲回到茶水間，將裝滿的水壺倒掉再重新裝過。

「妳，還要裝嗎？」小恩剛剛只顧著躲夏姐，壓根就沒看到彭皓站在一旁早已目睹一切。

「什麼裝？裝什麼裝？」

「我是問妳，水，還要裝嗎？」他仔細地指著小恩手中的水壺。

「喔，那個，給你用吧。」

說完，小恩就像逃也似的躲回座位，餘光撇見那男孩的笑眼。

這樣令人尷尬的場面居然就被彭皓全程目睹，小恩真的氣得想要往地底下鑽。

一直到下班，那股尷尬的心情還是揮之不去。小恩走進便利商店隨手拿了一瓶百香果口味的香檳汽水，想一想不對，又把汽水放回去。一瓶汽水35元，少喝一瓶就能多買一個三明治。

哎，在大城市生活不容易。能省一點就省一點吧。

小恩忽然想起自己小時候最喜歡和外公大手牽著小手去逛家裡附近的柑仔店。

那時，無論小恩想吃什麼，外公總會想辦法給她。

她覺得自己就像是個備受寵愛的小公主。反觀現在的自己，映在飲料櫃上那個陌生的身影。

是落難的公主？還是總算學會清醒的人類？

「嘿，妳在想什麼？」小恩驀然轉過身，白色襯衫配牛仔褲，還有這個聲音。

「彭皓？」

「幹嘛那麼驚訝？我們又不是第一次見面。」

小恩低著頭笑著，沒有答覆。

彭皓直接走到她剛剛打開的那台飲料櫃，伸手就拿了兩瓶百香果香檳汽水。

「新口味誒，妳喝過嗎？」

小恩搖搖頭，拿了一瓶礦泉水後就離開。

還沒走到下個路口，彭皓再次追了過來。

「那，這請妳。」

「我……」小恩還來不及回絕，一瓶冰涼的飲料已經遞到手邊。

「妳就拿著吧，這飲料要買兩件才會有抽抽樂。我是為了試一下手氣，沒有下次了。」他像是個做錯事又急著解釋的大男孩。

小恩看著他有點不好意思的臉，微笑地收下了。

彭皓這才感到放心的離開，小恩卻在這時第一次主動的叫住了他，「誒，彭皓，抽抽樂的活動早就在上週五就結束了。」說完，小恩對他笑了笑，轉身瀟灑離去。

那天晚上風吹得很輕，兩人心裡都存有一股暖意卻不知道是在哪刻開始動心。

或許是因為那抹微笑，從此就注定了，他們兩個往後的故事。

隔天下午，小恩從會議室經過，恰巧看到彭皓正專注坐在筆電前打字。

「這是什麼啊？」小恩指著桌子上那疊厚厚的文件。

這是小恩第一次會在公司裡主動和彭皓說話，彭皓有些驚訝，又怕被看穿心思，只好若無其事地回，「喔，最近新接的企劃案。是一個ＡＰＰ。」

「ＡＰＰ？什麼樣的ＡＰＰ啊？」

「妳有興趣喔？」彭皓不經意地問。

小恩沒有答覆，只像是在等答案，彭皓這才認真說明，「這是一款算是社交型ＡＰＰ名叫《晚安信》，主打夜貓子市場。它的slogan是『夜晚23：00每個人都可以寄出一封信。在漫長的黑夜裡，送出最溫暖的祝福。』」彭皓略帶磁性的聲音，彷彿給每個字都帶上了音符。

小恩喜歡聽他說話，總感覺既熟悉又親切。

「怎麼樣？」彭皓輕輕推了正在發愣的小恩。

「嗯，感覺真的不錯，還蠻有趣的！」

「真的嗎？妳真的覺得有趣嗎？」彭皓激動地問。

「對啊，我覺得夜晚常常都是最容易感到孤寂的時候，尤其是一個人。」小恩像是在說自己的心事，感覺有些扭捏。

「我聽說，妳好像有失眠的困擾？」

小恩原本想問他是從哪裡知道的，但仔細想想也知道，全公司除了漢娜之外，應該就沒有人會提到有關她失眠的事了。

「很多年了，我也就習慣了。」小恩沒有想要繼續說著關於失眠的事。

彭皓心疼的看著她，沒有說話。

小恩低著頭，這才意識到這話題有些尷尬。「我先回去了。」

正準備離開會議室時，小恩看著彭皓電腦上密密麻麻的資料以及他認真的神情，說，「感覺你融入得很快。」

彭皓一愣，看著小恩說：「因為是做自己喜歡的事吧。」

因為是做自己喜歡的事？

這句話不知道為什麼一直盤桓在小恩的腦海中揮之不去。

工作就是工作，為了賺錢而有的工作。哪來的喜不喜歡？

不知道從什麼時候開始，小恩早已脫離剛畢業時的那股熱情。

想起當初的理想，她不禁有些感嘆，說什麼若找不到合適的工作就自己出來做、絕不撰寫缺乏營養的文章、絕對不向無法認同的理念低頭。

現在回過頭來看，不禁感到有些荒唐可笑，畢竟太年輕，也是一種錯啊。

人生在世，何苦為自己盲目設下一個又一個原則。

做不到的時候，原則僅僅是一條條笑話。

離開公司回到家後，小恩對著有些寂寥的屋子發呆。

餐桌上堆滿了還未看完的小說，從前在大學時期可以一個禮拜不出門就為了把心愛的小說追完。現在不僅沒有這個時間，也少了那股熱情了。

小恩轉頭望向床頭櫃的那張全家照已經開始泛黃，這才發現時間原來依稀可見。

做自己喜歡的事？小恩冷冷笑了一下。

從包包裡拿出手機，下意識點了今天剛下載的《晚安信》ＡＰＰ。

泛黃色調的圖示就這麼佔據了手機桌面的一小角。

打開程式，先是有一封書信從螢幕躍出，小恩按下開啟，看著像是規則的短信，內容寫道，

《晚安信》

使用規則

每晚23：00，你可以隨意選擇：

1.寄出一封自己所寫的信（角色設定：寄件人）。

2.接收陌生人的來信。若是對信中的內容有興趣，想要深入了解，就可以按下通信鍵開始與對方展開通信。若對信件沒有興趣，則系統會自動跳轉其他信件，直到有感興趣回信的為止。（角色設定：收件人）。

記得，寄信時間只在晚間23：00-01：00，超過01：00只能收信不能寄信。寄出的信件會從01：00保留到當天的23：00。逾期未開信的或無答覆的，信件將會完全消失。

不知為什麼，小恩總感覺這樣的設定簡直有趣極了。就像是為她這個重度失眠患者量身打造的一樣。整體介面看起來相當簡潔，這封短信後面是個暗黑色的背景，右上角有顆滿月，左邊寫著APP的名稱：「晚安信」。

按下去，會立刻收到一封白色信件襯著黑色字體。

**夜晚23：00每個人都可以寄出一封信。在漫長的黑夜裡，送出最溫暖的祝福。**

和彭皓今天說的一樣。

點開確認後。右上方有個寫信的按鍵。

第一封信該寫些什麼呢？

小恩想了許久，刪刪減減了奇怪的自我介紹後。留下了幾行字：

**您好：**

**應該要先跟你道歉，雖然我不知道你是誰。**

**因為接下來的內容可能很無聊，所以若是你不想回覆也沒關係。**

**在這個寂寞的大城市打拼久了，日子變得越縮越小，身邊沒能留下一個可以談心的朋友。**

**所以才會莫名喜歡任何可以讓我感到熟悉的人事物。**

**像是這個APP，第一次看到就讓我感到很熟悉、很溫暖。**

**總覺得將心情寫下來似乎可以放下許多煩惱。**

**你也這樣覺得嗎？**

**如果你覺得無聊，也不用刻意回覆沒關係。**

**晚安**

**ID：無法入睡的可憐蟲**

小恩反覆看著自己寫得有些空洞的內容。

心想著，這樣毫無內容的信，真的會有人回覆嗎？

雖然有些擔心，但她最後還是選擇抱持著不用白不用的心情，按下了寄送的鍵。

寫完這封信已經接近凌晨1：00了，小恩感覺腦子又再度打成死結，但心情似乎放鬆了不少。像是自言自語也像是種自我療癒。寫著寫著莫名產生一種睡意，就這樣趴在床邊睡著了。

她依稀記得晚上做了個夢，夢裡有個穿著白色襯衫的男孩摸著她的頭，似乎還靠在她耳邊說了幾句話，可是小恩卻只顧著享受他那溫柔地撫摸，沒能聽清他究竟說了什麼。

一覺醒來小恩這才驚覺自己昨晚竟真的睡倒在床邊。就這樣一覺到天亮的感覺真是難得，而且還做了個不知所以的夢。

她忽然想起昨晚在《晚安信》裡寄了一封信，直覺告訴她，這個男孩和這個ＡＰＰ有股奇妙的連結。不過不管她怎麼想，卻始終記不得，昨晚夢裡的那個白襯衫男孩是誰？他到底想要說什麼？

小恩用力地拍著自己的腦袋，但不管怎樣，昨晚還真是個特別的體驗，至於究竟會不會有人看到我的信，好像一點也不重要了。她不禁這樣想著。

出門前小恩才想起今早還有個會，不禁感到有些懊悔自己不該花太多時間在這個ＡＰＰ上。

走出門，撞見彭皓站在電梯口發呆，小恩興高采烈的衝上前用力拍了他。

彭皓轉過身一臉詫異的看著她，說，「誒，幹嘛，一大早嚇人？」

「哈哈，被嚇到了吧。」小恩露出一臉得意的表情。

彭皓困惑地看著眼前這個明顯過嗨的人。

「妳喝多啦？大白天酗酒？」

小恩翻個白眼後迅速鑽進人滿為患的電梯裡。

雖然準備得有些倉促，但早上的會議還算是勉強過關。

小恩覺得這全都是《晚安信》帶給她的好運，決定不管有沒有人回覆她，今晚都要再寫一封信，就當是一種自我抒發的日記。

正當小恩拿起手機打開ＡＰＰ時，突然被手機震動嚇了一跳。是來自《晚安信》傳出的訊息，內容顯示已有人接收她的信，並且寫了回信，要她點開來確認。

「應該就是一種噱頭吧？擔心有人收不到回信就不再打開ＡＰＰ？」小恩在心裡嘀咕著。

雖然心裡這樣想，但總覺得今天上班的感覺有些不同。面對一堆待處理的企劃竟有趣了起來，寫個專題也讓人心情愉悅。

不知不覺竟到了下班時間，小恩興奮地抓起包包收拾東西。

「漢娜，我先走了喔。」

「蛤？那麼早，陪我趕工啦。」

「不要，誰叫妳今天上班不認真，在那邊跟什麼小博聊天。」

「噓，妳快走妳快走，少在那邊亂爆料。」

這招果然奏效，漢娜這三不五時換曖昧對象的事，全公司上下可是無人不知無人不曉。

看來全世界也就只有坐在她對面的黑哥不知道了。

才剛走出電梯，彭皓就站在後門像是在堵人，「誒，走那麼急。」

小恩環顧一下四周，感覺這附近一定會有公司的人。只好故意加快腳步，不去理會彭皓的話。

「誒，這裡是後門，沒有人會走這啦。」

「那可不一定，而且我不叫誒。」小恩不知不覺習慣了與彭皓這樣鬥嘴。

「走那麼急，是有約會喔？」彭皓一臉不屑地問道。

「囉唆，幹嘛啦？有事快說，我趕公車啦。」

「那，這給妳。」彭皓伸出一把深藍色的折疊傘。

小恩愣了一下，這才發現原來外面開始下雨。

彭皓把雨傘往前伸，繼續說道，「妳看不出來喔，已經開始飄雨了，傘給妳。」

小恩轉頭看著外頭展開五顏六色的傘，「你把傘給我，那你呢？」

「我？」他比了個七放在下巴，洋洋得意的說，「我有人氣啊！跟別人借傘不是難事。」

「什麼鬼道理，我不要啦。」小恩忍住想笑的表情，推開雨傘。

「妳很囉唆誒，不是趕車，快點走啦。」

小恩猶豫了一會兒，再三確認他不會淋雨回家後才慢慢地走去捷運站。

其實，小恩老是趕著早點回家也並非有什麼大事要做，只是不喜歡在公司裡裝忙。這種加班文化，對於她這種90後來說簡直就像毒瘤一樣。無法根治拔除，就只能眼睜睜看著它流出噁心的汁液，一點一點擴散。

拿起手機胡亂滑了一下臉書，最要緊的幾條新聞不外乎就是哪個女明星離婚、哪個男明星外遇。雖然知道公眾人物根本不用奢望有隱私，但這世界也太變態，憑什麼路人甲乙丙可以去管他人的家務事啊？

明知道臉書上許多訊息全都是八卦新聞和沒營養的文章，但她還是放不下手機，繼續無意識地滑著頁面，突然被某篇貼文吸引，標題寫著：「失眠是因為停不下來，書寫也是。——超人氣00後作家魏尤里專訪。」

小恩本來很少會去看網路小說，她覺得那些號稱作家的年輕人不都是靠著自己一張還過得去的臉在那邊舞文弄墨的，騙小女生的錢。

不過那句「失眠是因為停不下來。」確實吸引著她的注意，突然有種被某種東西打到心臟的感覺，直覺告訴她，這個人和其他作家不一樣。

她點擊螢幕上方，畫面跳出新的頁面，頓時被照片上那對憂鬱的眼神所吸引。

這是雙會說話的眼睛，她是在看著他，卻又好像在被他注視。若定睛一看，就好像會被看透心思。

雖然文章介紹他是00後療癒型作家，但不論小恩怎麼看都覺得，他似乎才是更渴望被療癒的人。刻意上揚的嘴角是為了迎合具有商業取向的宣傳，這張照片可能是那天拍下來的第372張，最後又從500多張的照片裡被選出來當作形象照。

其實這年頭當作家不容易，尤其被冠上00後暢銷或是人氣作家這種封號後，從此便要過上藝人般的生活。

過去作家只需要在乎文采，專注在創作就好。

但現在的作家要懂得「作秀」。

為了賣書還需要跑遍各大宣傳，有時還要當起銷售員直播，把自己的書放在各大平台上競相喊價。看著「買它買它」的彈幕不斷地刷屏，所謂第一次寫書就上手也不過就是那麼一回事。

說不清這究竟是幫助作家找到新時代的開啟模式，還是讓作家從此變得庸俗可怕。

小恩腦補了一堆所謂暢銷型作家的生活，一股酸楚湧上心頭。

畢竟人家的一生光彩過，而我呢？小恩忍不住在心裡嘀咕著。

庸庸碌碌了二十多年，還不是努力成了一個平凡人。

想到這，忍不住嘆了一口好長的氣。

這個夜裡睡得很不安定，夢裡不斷地出現那雙憂鬱的眼睛。

小恩覺得他似乎有話要說，卻總是離她又近又遠。

就這樣熬到了天亮，可是一起床卻怎麼又想不起那個人究竟說了什麼。

越努力想，畫面越是模糊。

唯有那雙憂鬱的眼神始終如影隨行。

起身拿起昨晚買的法國吐司放進烤箱，趁著等待的時間去拉開窗簾。

今天又是個好天氣，小恩有點沮喪。這麼好的天氣，為什麼就是讓人高興不起來。

睡了一個不知所以的覺，反而比失眠更痛苦。

她瞥了一眼桌上的木質鬧鐘，離上班時間還有40分鐘，還有時間慢慢發呆。

發呆？

不。

哪有那麼好的，才一回神夏姐馬上就把小恩的思緒瞬間拉回現實。

「沂恩，孫靖今天有事請假，妳跟我一起去參加下午的會議吧，需要準備什麼，晚點記得問一下孫靖。」

非上班時間傳訊息給員工究竟算不算犯法？小恩其實一直都在思考這個問題，最後機械式地打了「好的」，配上一個虛假的笑臉。

有人說，所謂成長就是開始懂得隱藏自己內心的情緒。

如果真的是這樣，那小恩應該算是一個成長良好的人了。

根本沒有時間抱怨，她隨即抓起麵包胡亂啃了一通後，抓起包包就出門了。

走進灰暗的辦公室，廣告部那群聒噪的阿姨們還沒上班，難得公司會有安靜的時候。

眼角撇見總經理辦公室有動靜，小恩屏住氣，像個小偷一樣輕輕地通過。

「沂恩，早啊。」

這聲音？

一轉頭，原來是孫靖在整理資料。

「早啊，真的好早喔。」小恩故作鎮定地回答，希望別被她看出剛剛那滑稽的舉動。

「喔，對了，沂恩，我今天家裡有點事不能陪總經理去開會，所以有些事情要先交代給妳喔。」

「嗯，我知道，早上總經理就有跟我說過了。」小恩拿起筆記本走向孫靖的辦公桌。

孫靖把手上一疊Ａ４文件遞給小恩，神情嚴肅的說：「這裡面的資料妳最好先閱讀一下，到時開會可以幫總經理提點一下。」

「這些？全部嗎？」小恩滿是懷疑地看著手中這堆頗具重量的文件。

「對。」

這聲答覆聽起來更像是一種命令。

漢娜一早來辦公室看到被紙張掩蓋的小恩，差點沒叫出聲來。

「她這是幾個意思啊？這樣整妳有意思嗎？」

小恩這才終於從紙堆中探頭，彷彿現在才真正感受到天亮。

漢娜一臉同情地搖搖頭，默默撿起散落在辦公桌旁的那些紙。

「我來幫妳做初步的分類，妳這樣整理起來會比較方便一些。」

漢娜這人平時看起來不正經，真正遇到困難時還真的很靠得住。

整個早上根本不知道自己是怎麼活過來的，筆記本裡記下了密密麻麻的資料。等到下午和總經理一起去開會時，才發現早上的那些心血不過就是浪費。

小恩從頭到尾都沒有插嘴的份，最多就是幫忙檢查投影機放映有沒有問題，雷射筆能不能正常使用等瑣碎小事。

好不容易熬了一整天，下班後小恩與漢娜肩並肩步入那家日式料理店。

「誒，妳老實跟我說，妳是不是很想離職了啊？」漢娜這種直話直說的個性還真是讓人難以接招。

「想啊，每天想不過千百次了。每一天都告訴自己，再撐這一天、兩天、一個禮拜……就這樣死命地撐著，至少也要讓我熬到年終吧。我還有很多天特休沒有休誒……」

「哎，妳說我們為什麼要活成這樣啊？」漢娜滿是酒氣的說。

「活成怎樣？」

「活成像我們這樣，想離職卻又不敢離職，因為我們根本就無法真正去做自己想做的事。」

「自己真正想做的事？我還真的不知道是什麼……人一定要有目標才能活嗎？」

這時門外突然有動靜，一個熟悉的身形走了進來。

還來不及回神，漢娜就以高八度的音量叫著：「誒？彭皓？快來一起坐啊！」

彭皓禮貌的點頭示意，隨手就拉起小恩身旁的椅子坐了下來，餘光感受到漢娜些許的失望。

這仨人就這樣並排坐著，像是在進行集體面試的人。

日式料理店內的菜色不多，應該說便宜的菜色不多，彭皓和小恩一樣都喜歡點99元的雪花牛烏龍麵。

簡單三片炙烤雪花牛肉已算是對自己奢侈的犒賞。

學生時代，總是可以胡亂想出好幾個名目，讓自己的生活過得多采多姿。舉凡寒暑假、同學或情人生日，都是值得慶祝的日子。但自從開始上班後，每個月只有假日、發薪日值得慶祝。

「誒，妳幹嘛都不講話啊？」漢娜推了推小恩的手肘。

見小恩不發一語，乾脆把目標放到了彭皓身上，「你工作剛結束喔？現在才來吃晚餐？」

「喔，對啊，剛剛在跟客戶討論上個季度的規劃。」彭皓認真的模樣就像是回答大學面試官的問題。

漢娜被他這副模樣給逗樂了，不知為什麼總覺得漢娜對彭皓有個說不清的好奇。

「妳還好嗎？」彭皓突然轉頭看著小恩吃剩下的麵。

「喔，沒有啊，沒什麼食慾。」小恩無奈的說。

「妳又來了，整天這樣無精打采的，我就跟你說那個失眠要早點看醫生……」

「我沒事！」沒等漢娜說完，小恩突然加重的語調聽起來像是在生氣。

小恩是真的很討厭那些睡得好的人，整天都叫失眠的人要去看醫生，什麼及早治療等狗屁不通的道理，對於他們這種重度失眠的人來說根本一點都沒有效。她自己其實也曾試過各種辦法讓自己擺脫失眠的漩渦，有的時候可以高枕無憂的睡過一夜，但第二夜、第三夜……有過一覺好眠的體驗之後，再次陷入失眠只會更加難受。

知道小恩患有失眠困擾的人，總是叫她不要想太多、要放輕鬆，睡前喝杯熱牛奶等……但其實這些建議對小恩來講卻一點用處都沒有。

隨著失眠的頻率越來越高，很多時候小恩乾脆選擇一夜都不睡，就這樣瞪著深夜到天空亮起，像是在跟睡眠賭氣一樣，我不想你，所以你最好別來。這樣的賭氣終究沒有結局，疲憊的身體找不到安放的靈魂，越到晚上思緒越是容易翩翩起舞。

與失眠相伴的還有不請自來的壞脾氣，喜怒哀樂裡面就只剩下怒和哀反覆循環。

「睡不著的話，可以來找我啊。」那天正準備開啟家門的時候，彭皓突然冒了這句話。

說完，他突然感覺這句話聽起來有些奇怪，隨後補了句：「聊聊天，說不定，可以助眠。」

小恩默然地看著他，彭皓看上去就像是個說錯話的孩子，頭也不回的往家裡衝。

「晚安囉。」小恩悄聲答覆。

找人聊天？這種事對小恩來說太困難，不如自己消化自己的孤獨感覺比較容易一些。

疲憊的一天總算過去，幹嘛還要浪費時間在說話上面，她寧可自己一個人獨處。

隨手倒了一杯牛奶拿去微波加熱，反正死馬當活馬醫了。

「**這個夜晚太長，讓想念的話語陪你渡過無盡的黑夜。**」

不知道為什麼小恩腦海裡突然浮現這句話。

好像在哪聽過。

小恩想了一下，赫然想到今天收到《晚安信》的回覆。

她隨即點開ＡＰＰ，她還在努力觀察這個ＡＰＰ的使用方式，整體來說，它介面算是相當簡潔，每封短信後面是個暗黑色的背景，右上角有顆滿月，左邊寫著ＡＰＰ的名稱：「晚安信」。

可是即便它有著這麼精巧的設計與典雅不落俗的介面，但這東西真的會有人用嗎？真的有這麼多人晚上都不睡覺嗎？

昨晚小恩草草寫了一封訴說最近睡不好的事，想說反正要是沒人回，信也會消失，就當是一種情緒的抒發也好。

就這樣且走且瞧的寄出她的第一封信。
只是出乎她意料的是，真的有人回覆了。
小恩往左上角正在閃爍的信件圖示按了下去。
一封信就這麼跳了出來，寫道：

哈囉，無法入睡的可憐蟲：

昨晚睡得好嗎？
我要先說喔，這不是機器人的自動回覆喔。
很高興收到妳的來信。
很巧的是，我也是到大城市打拼的寂寞人口之一。
每到了夜晚都覺得特別漫長。
這就是為什麼我們都會下意識地喜歡上這個APP的原因。
「晚安信」，就好像是當大家都入睡了，只有自己和通信的這個人是醒著的。
兩個城市的寂寞人碰在一起，似乎可以短暫的逃離現實吧。
胡亂說了一大堆，只是想跟妳說，睡不著的話，可以找我聊聊天啊。
如果妳願意的話。

**ID: Night Boy**

「這……」一種難以言喻的感覺湧上，小恩的腦袋像當機一樣。

眼前不斷浮現昨晚夢裡出現的那個白襯衫男孩，小恩不知道為什麼，看完他的信竟有種溫暖的感覺。

早就習慣獨自一人吞噬著孤獨，無意間竟有個陌生人陪著我。

忍不住好奇，直接按下「願意通信」的按鍵。

第一次發現，原來在黑暗中，也能找到同伴。從此黑夜不再漫長。

**您好嗎？夜晚才會出現的人。**

# 第二封：雨會一直下不停嗎？

外頭的雨不停落下，似乎沒有停止的打算。

濕漉漉的街道，黏糊糊的空氣。

小恩安靜的坐在窗前，愣愣的看著窗外這場雨究竟要下到什麼時候。

等雨停，或許現在這是唯一能讓她靜下心的事。

昨天那個夢裡出現的白襯衫男孩究竟是誰？成為小恩現在難以忘記的疑惑。

嘟嘟——

手機螢幕突然亮起。

又是夏姐，就像是每晚的問候，小恩跟她聯絡的時間都快要比跟自己媽媽聯絡的時間都還要長。

公司群組裡的訊息又再次彈出。

**夏姐：@李沂恩記得要把會議相關數據和資料寄給我，還要再做一份PPT。**

**夏姐：@李沂恩你今天整理的資料有存起來嗎？存在哪？**

等到一一回答完這女人的所有問題，小恩已經不想再吃那碗早已冷掉的泡麵。

真的不想再熬夜了……小恩不禁在心裡嘀咕著。

**夏姐：好了，大家早點休息，明天一早開會**

**大家今天辛苦了**

**（貼圖）**

**黑哥：辛苦了**

**（貼圖）**

**孫靖：好的**

**漢娜：收到**

**（貼圖）**

**小恩：OK**

**（貼圖）**

不知道受惠於科技進步的時代究竟是拉近人與人之間的距離，還是讓人更容易變疏遠了。現代的人，明明是長句卻被短訊裁成一段一段。明明累的什麼話都不想說，卻非要傳個愛心的貼圖。小恩心裡發著牢騷，到了夜晚焦躁的心就會越來越嚴重。

她乾脆起身走向窗前，靜靜看著眼前暗黑色的天空。夜深了，寂靜的讓人感到莫名恐慌。

又一天過去了，離自己的目標還差了好大一截。還記得年初寫在筆記本上的計畫，用著粗黑的麥克筆寫下「我要實現財務自由」。多麼庸俗的夢想，小恩冷笑著。

她緩緩地抬起頭注視著深黑色的天花板發呆，根本分不清現在究竟是睜著眼還是閉上，反正都是一片漆黑。

最後乾脆拿起手機點開《晚安信》，仔細的看了昨晚的回信。

小恩覺得這奇妙的經歷就像是場夢。或許應該說，這個人讓她感到有點特別，既陌生又熟悉。

可是她其實也說不出來究竟是哪裡感到熟悉。

「難道是因為他和我一樣都有著最漫長的夜嗎？」小恩暗自揣想著，按下了回覆信件的選項。

**您好，Night Boy：**

**嗯——那個我應該不用自我介紹，反正也不會見面。**

**其實看到你的回覆還蠻開心的，也很謝謝你願意與我這個無聊的失眠女子通信。**

**已經不知道有多久沒有好好的和人聊過天，除了公事與抱怨，現在都不知道有什麼特別的話題可以和其他人產生共鳴。**

**還好，在這個APP上碰到了同樣身為城市的寂寞人口，真是幸運XDD**

**其實，我每天都很害怕夜晚。**

**記不得是從幾歲開始就無法像正常人一樣在夜晚入睡，每天最害怕的就是關燈之後，那一片漆黑又寂靜的感覺。**

**即使不斷的告訴自己要放鬆要睡覺了，但是都沒有用。**

**雖然身邊很多人都說自己也有失眠的困擾，可是一到早上就好像什麼事也沒發生一樣，但我就無法這樣偽裝，疲憊的身體會連帶影響心理，無論化多少層妝，都掩蓋不了深深的憂鬱。像是快要**

**死掉一樣，人生失去了意義，有時候這樣想著想著，就天亮了。然後天亮之後，我又得變成另外一個人了，一個我不熟悉的人。**

**你的夜晚和我一樣都很漫長嗎？**

**（希望你不要覺得我很囉唆喔（哭臉））**

**ＩＤ：無法入睡的可憐蟲**

點下寄出的時候，小恩頓時有種鬆了一口氣的感覺。

就像小時候一有煩心事，比起和家人與朋友談論，她更喜歡拿起日記本寫下自己的心情。即使明知寫完了，也不會有任何事情改變。但她還是很喜歡這種用文字寄託情感的方式。

現在一切都網路化，從日記本變成現在的ＡＰＰ。比較不同的是，從前寫日記總像是一個人對著自己在自言自語，甚至會自問自答。因為不管你寫了再多，日記也不會給你帶來任何答覆。可是如今，卻是有個活生生的人，他會在一個不知道的地方，認真的、安靜的聽你訴說心事。小恩想著，這或許就是種被關心、被在乎的感覺吧。

現在能享有這樣感覺的時候真是越來越少了。從進入職場開始，每週都有著特定的計畫。和朋友聚會的時間也漸漸縮減，雖然大家都愛說，人不在但情義在，或是精神與你同在。但後面那句沒說破的，就是人不在身邊，任何情感都會淡去的。想著想著不知不覺也有了睏意，沒有花上多久的時間倒頭就睡著了。

隔天醒來後，抬頭拿起手機，這才發現比原來訂的鬧鐘還早十分鐘起。

她慢悠悠地走下床梳洗，走進浴室看著鏡子中的自己，這炯炯有神的眼睛，在燈光下發亮，就像看到陌生人，有點出神。不斷回想著昨晚究竟經歷了些什麼。

登登，唇膏才剛擦到一半，急促的電鈴把小恩從恍神中震醒。

「來了！」她匆匆開門。

「早啊，幫妳買好早餐了，一起去上班吧。」彭皓神采奕奕的提著星巴克的袋子，像是個要去遠足的小朋友。

「喔，等我一下。」

「誒，等等……」彭皓一把抓住她T恤後的帽子。

「你……」小恩悄悄推開彭皓的手，一臉不知所措地看著他。

「妳……這邊粉沒塗好。」他指了小恩嘴角那側。

「喔……」小恩沒好氣的轉身逃離他身邊。

為什麼我會在剛剛那刻突然想起夢裡的白襯衫男孩呢？小恩心裡想著，隨手點開手機，《晚安信》發出一條訊息：

**您收到一封回信**

不知道為什麼光是這幾個字就足以讓小恩感到莫名開心。

是因為終於有人聽我說話？還是因為，他有認真聽我說話？不管是什麼，這種被人深深關心的感覺很好。她哼著歌曲，快步走到玄關拿鞋子。壓根就忘記彭皓還站在門口。

「妳昨天睡得很好喔？這麼開心。」彭皓用手戳了小恩的臉。

「嗯。」心情大好的她，沒去理會彭皓莫名幼稚的舉動。

小恩像是第一次認識這個世界，第一次喜歡早晨，也第一次會踏著這麼輕快的步伐去上班。她這才注意到，原來捷運站出口有家花店，原來每天過的十字路口旁有她最愛的蛋糕店，原來公司樓下有開一家超好吃的牛肉麵店。

過去的她，從來不曾發現這些。

漢娜看著一整日都在傻笑的小恩，忍不住摸摸她的額頭想確認是不是生病了。

「哎呦，妳幹嘛啦？」小恩推開漢娜的手。

「這句話應該是我要問妳吧？整日都在傻笑，是怎樣。」

漢娜的八卦雷達向來比狗仔還準，小恩也不打算瞞她，直接把在《晚安信》發生的事都跟她說。

接著就只聽見她震耳欲聾的尖叫聲，像是某個命案現場。

「真的假的啊？」

「噓，妳小聲一點。」

晚上7：30公司的人雖然都已經走了大半，但廣告部還是有一些加班趕工的人，尤其是還有彭皓在，小恩下意識覺得不要讓太多人知道。

「誒，簡直就像在演偶像劇一樣啊。」漢娜一臉少女心的看著她。

「什麼偶像劇，我都還不認識他。」

「這樣很刺激誒。所以，妳今天有要回信嗎？」

「先看看他寫給我什麼再說囉。」隨後留下個不能言說的微笑。

小恩滿心期待地回到家後，急忙打開手機查看那封未讀的信件。

您好，無法入睡的可憐蟲：

昨晚睡得好嗎？

很高興認識妳，我一點也不覺得被打擾喔。

說真的，失眠真的很讓人感到困擾，我想妳一定很辛苦吧。

我曾經看過一本書上寫，失眠是因為停不下來。焦慮感停不下來，思緒也會跟著停不下來，所以整個人會越過越疲憊。

當別人都在休息的時候，只有妳還在不停地思考、感受只有自己才感受到的事物。

但是換個角度想，擁有與別人無法體會的夜晚，似乎也是一份禮物？

妳看過夏夜的煙火嗎？

這是一種名為「穗花棋盤腳」的植物，它只有晚上的時候才會開花喔。

特別是在午夜時刻就會全部綻放，黎明之前凋零。

所以，有些東西不一定是要在光亮處看才會美麗，在幽暗寂靜中觀看的風景，有的時候，也很美。

**失眠的人不必因為自己沒能擁有一個正常的睡眠而感到恐懼甚至覺得自己是個怪人，在我看來，失眠的人反而可以在寂靜中獲得更多力量，不是嗎？期待你對生活有新的感悟。**

**ID: Night Boy**

「失眠是因為停不下來。」「穗花棋盤腳」？小恩愣愣地看著這些讓人摸不著頭緒的字句。好奇怪的人喔，說著讓人搞不清楚的話，文謅謅的感覺。小恩不禁開始覺得這個人還真有趣，跟一個陌生人還能這樣不吝嗇分享。她忍不住幻想著，這個懂得撫慰人心又有著暖暖文筆的人，究竟是誰？剎那間，小恩突然想起寄完第一封信後的夜晚，她夢見身穿白襯衫的男人。她心裡其實有些期待著，躺在床上等待睡意降臨，說不定，今晚或許還會再夢見他。

可惜，一直到隔天鬧鐘響起，小恩的記憶仍處於一片模糊。是因為昨晚睡得太好的原因嗎？小恩自己也不禁感到奇怪，自從開始使用這個《晚安信》之後，晚上突然變得很好入睡。也不知道是因為用著用著就累了，還是它本身有什麼特殊的魔力。她恍恍惚惚地照著下意識的步驟準備出門，碰巧撞見彭皓在等電梯。他今天穿著一身淺藍色帽T，還戴了上次那副Owndays的圓框眼鏡，像極了大學生。一時之間小恩還有點認不出來。

「誒？這麼早？」他抬頭與小恩四目相交。

小恩低頭打開手機，早上7：45。

「還真是難得，沒有睡到八點才出門。」彭皓露出一臉壞壞的微笑。

「你也蠻早的。」

「對啊，要去買早餐。」

「那我跟你一起去吧。」

「好啊。」他推了推眼鏡，好像感到有些意外。

這是小恩第一次和彭皓肩並肩走在一起，而且還不是走那條上班必經的路。彭皓帶著她走入一條小巷弄內，有隻慵懶的白色小貓正趴在圍欄上。經過的公園裡已經有好多人開始在做運動，過不了多久就聞到陣陣香味。小恩像是來到了一個陌生的世界，她在這裡租了快兩年的房，竟然從未發覺這裡竟然有開一家早餐店，藍色鐵皮屋外開著一扇小窗戶。

在小窗戶旁擠滿了好多人。有穿著西裝筆挺的上班族、帶著孩子的家長、騎著單車的學生。只見彭皓熟門熟路的拿起菜單自顧自地快速勾選，隨即將菜單遞給小恩。

小恩原以為這樣人滿為患的早餐店應該是有什麼特別的祕密武器，但當她接過菜單，仔細從第一行看到最後一行後才發現，這不過就是普通的早餐套餐。

1. 豆漿＋油條＋饅頭

2. 豆漿＋飯糰

3. 豆漿＋蛋餅

「誒，妳有選擇障礙是嗎？」彭皓用手肘推了推她。

「我，那三號餐好了。」小恩有些困惑地把菜單遞給他。

「嗯。」

彭皓迅速的在菜單上劃記交給老闆，只見老闆用不到幾分鐘就把套餐一一交給客人。

「這家早餐店好多人喔，生意真好。」

「對啊，我就喜歡來這裡，可以真實感受到什麼叫做生活。」

彭皓這人雖然平常總是漫不經心，但隨口吐出的話還是偶爾能讓人品味再三。

小恩細細享受著眼前這份生活感，像是人生第一次認識什麼叫做過日子。

一杯豆漿配上蛋餅。

好簡單，卻又有那麼一點點幸福感。小恩自己在心中嘀咕道。

「但我還是喜歡喝焦糖瑪奇朵。」

彭皓看了小恩一眼，忍不住笑了。

一走進辦公室，迎面碰上的是夏姐洋洋得意的笑臉。

都說微笑會傳染，小恩不自覺得跟著夏姐笑了笑，只見她身後跟著孫靖。

小恩這才知道，這個笑，並不屬於她。

「這是孫靖今天剛剛拿下的新案子，大家要多多協助，每個人各自負責撰寫一個專欄，那應該很快就會完成的。」

「什麼案子啊？」小恩悄聲低頭問。

「就是關於桃園市政府要推出的觀光刊物啊。」黑哥沒好氣的說。

黑哥雖然虛長小恩兩歲，但長得一副擺著熟的樣子，這也難怪之前有不少新人一進來公司還以為他是老闆本人。

「誒，妳心不在焉喔。這個夏姐上禮拜就一直在說啊。」

完蛋了，這幾天被彭皓和那個什麼《晚安信》ＡＰＰ搞到暈頭轉向的，在開會時根本就沒有注意聽。

「小恩？」越是沒準備就越容易在會議上被點名，可怕的墨菲定律老是在生活中上演。

「在？」小恩儘量偽裝起自己的不安。

「妳的文筆不錯，對科普的知識又很有邏輯性，就由妳來寫這個關於植物的介紹好了。」

什麼叫關於植物的介紹？小恩心中即使有疑惑也沒有說出口，只是愣愣地把企劃案拿起來一看，這不是。

「穗花棋盤腳！」

她的聲音大到連隔壁廣告部的阿慈姊都忍不住抬起頭關注。

「妳知道這個植物？」社群小編侯哥有點訝異的看著小恩，好像是某個注定要考鴨蛋的人，突然拿了滿分一樣。

「嗯。」小恩清清嗓子接著說，「這個就是俗稱夏日的煙花，只有在半夜盛開，黎明前就會凋謝。」

「對，看來小恩真的對科普類項目很了解。」孫靖難得會在眾人面前誇獎別人。

夏姐看起來很滿意，頻頻點頭。

小恩偏著頭，隱約覺得眼前的照片怎麼有種既視感。這才突然想到，那天和Night Boy通信時有說到。開完會後，漢娜還不忘虧小恩，「原來妳平常宅在家都在科普這些東西啊？」

「哪有，這是……基本常識。」小恩挑著一邊的眉毛驕傲的說。

下班後，小恩與漢娜照例出現在居酒屋中。

兩盤小菜外加一瓶角High。

「好啦好啦，不得不說妳這次表現得真是很厲害。」漢娜舉起酒杯，大聲吆喝。

「過獎過獎！」小恩刻意雙手抱拳，展現十足的江湖架勢。

彭皓這時剛走進店裡，看到這奇怪的戲碼還真的差點笑出來。

「這個位子有人坐嗎？」

小恩還來不及張口，漢娜已經熱情的幫他推開座位。

「你們剛剛在聊什麼啊？好像很開心的樣子。」

「誒，不然來問問他好了。」漢娜每次看到彭皓都有股藏不住的喜悅。

「蛤？」

「就是那個啊，妳今天科普的那個植物，叫做什麼，什麼什麼腳的。」

「哎，彭皓，我問你喔。你有聽過有一種植物名叫穗花棋盤腳嗎？」

「夏日煙花？」

「誒？」小恩跟漢娜幾乎是同一時間表現出無比的驚訝。

「怎麼了嗎？」彭皓一臉毫不在意的樣子，繼續嗑著桌上的瓜子。

「你怎麼會知道啊？」漢娜問。

「就……沒什麼原因吧，我之前工作的地方，附近有座公園就有種啊。那時我下班後還常常和同事一起約去拍照。」

「同事？是男生還是女生？」漢娜聽別人說話好像總是聽不到重點。

小恩聽完當下只覺得很納悶，彭皓不是一畢業就來我們公司工作了嗎？哪裡來的之前的工作呢。

她總覺得彭皓這個人，有的時候還真像個謎。明明以為自己很瞭解他了，他隔天又會換上不同的樣貌出現在眼前，變成一個活脫脫的陌生人。不過小恩仔細想想，這樣也沒什麼不好，每個人在社會中多少都有著自己的故事，若說神祕感是他的保護色，那也沒必要硬是拆穿。

夜晚路上行人來來去去，大家似乎都有個想去的方向。每當這種時候，小恩總會不自覺感到不安，就好像只有她不知道自己究竟該何去何從。

她雙手緊抓著後背包背帶，突然，有人從後頭一把拉著了她的背包。

小恩急忙掙脫，一轉身，竟然是彭皓，「怎麼啦？一臉受驚嚇的樣子？」

「突然被這樣拉包包，一般人都會嚇到吧？」小恩故作鎮定的說。

「喔，我還以為妳做了什麼虧心事咧！」

小恩沒有搭理他，兀自向前走，過了幾秒她回頭，彭皓就像個影子一樣跟在身後。

「你要去哪啊？」小恩忍不住打破沉默。

「小姐，這個時間當然是回家睡覺啊。」

「那，那你回去啊，跟著我幹嘛？」

彭皓忍住翻白眼的衝動，拿起社區住戶鑰匙在小恩面前晃了晃，「我們是鄰居，妳又忘了嗎？」

喔，還真的，忘了。小恩內心嘀咕著。

路燈下，兩個影子一高一低，一前一後。剛剛走在大馬路上失去方向的感覺，頓時消失了。兩個影子現在都有了共同的方向，踏著相同步伐，原來有人陪是這麼一件事。

「誒，李沂恩！」

小恩轉頭看著彭皓。

「妳最近還會失眠嗎？」

還會失眠嗎？他是真的想知道嗎？小恩腦海裡，頓時出現這些問號。

「不好說吧。」小恩簡單答完，就自顧自地走回家了。

小恩曾經和好幾個要好的朋友提過她有失眠的困擾，可是大多時候，朋友都是給予她一個即時的安慰後，便再也不曾主動提起過。沒人提，小恩也不願多說。

畢竟那是自己的問題，世上沒有人真正想知道。

她回到家後，幫自己泡了一杯熱牛奶，坐在窗邊想著彭皓在回家前問的問題。

還會失眠嗎？最近，好像比以前還少了。也說不清具體是什麼時候，但夜晚對她來說已經不再是個煎熬。小恩不知道彭皓問她是因為看出些什麼。但隱隱之中感受到他的關心，也是蠻讓人開心的。

回到家後，小恩下意識打開手機，桌布已經換成了那株名為「穗花棋盤腳」的植物。越晚越美的的東西？她邊思考著邊拿著手機走向窗邊，霎時看到潔白的月亮高掛在暗黑的天空中。

「啊，就是這個。」

她已經找到答案了。

小恩興奮地打開手機正準備按下晚安信的APP時，螢幕顯示著夏姐來電。

她一愣，直覺告訴她乾脆裝睡不要接，可是下意識卻又忍不住按了綠色按鍵。

「喂？」

「小恩啊，妳睡了嗎？」

「還沒啊，怎麼了嗎？」

「是這樣的，明天上午我要跟孫靖去台南搶一個標案，可是我突然想起來有個文件我放在辦公桌上忘了帶回來，妳可以明天一早幫我送到我家嗎？」

「這個……嗯，可以啊。」

「那太好了，謝謝妳啊，果然還是妳最可靠了。」

夏姐隨後就傳了她家的定位，小恩看完後傳了個「OK」的貼圖。

她突然覺得這個時候，直覺還是最可靠的。

隨手點開音樂，還是那首《And I Love You So》，小恩覺得那句LOVE顯得有些可笑，在這個世界裡，愛從來都是不對等的。她靜靜倚靠在窗邊聽雨聲，想起昨天剛收到媽媽轉帳的三萬塊錢。想著自己已經在台北工作好一陣子了，媽媽還是會時不時的給自己轉帳。每次看著帳戶裡默默多出的那三萬塊，小恩心裡莫名有些酸楚。急忙拿起手機打給媽媽：「喂？媽，妳不要再給我錢了，我會賺錢了。」

電話那頭媽媽好像剛從睡夢中醒來，恍神了一陣子，說，「誒呦，下個月開始不給了，就最後一次。」

這個最後一次小恩已經不知聽過多少回了，她也不想再去爭辯，佯裝沒事的說，「妳最近還好嗎？有沒有自己多買幾件好看的衣服，多吃一些好吃的餐廳啊？」

「有有有，我好得很，妳自己在城市打拼要好好照顧自己，多吃水果，不要熬夜啊。」一個人在城市工作其實並不怕寂寞，最怕的是在夜裡聽見親人的問候。

「好吧，那你早點休息吧，我這個月找天回家去看妳。」

「好好，妳也早點睡吧。什麼時候回來提早跟我說一聲。」

「嗯，好。」電話兩頭隔著一段沉默。

其實很多時候，沒能說出口的話，才最讓人難過。

小恩放下手機，看著夜空。她想著，當初離開了家是為了更好的未來，可是怎麼會料到在未來中間好難熬，未來遲遲不來，究竟要到什麼時候才能走到最好？

隔天一早，小恩到了辦公室就隨即往夏姐發的地址走。沒錢搭Uber只好就捷運轉公車。反正這麼多年來都這樣了。夏姐住在著名東區貴婦街，她一個高齡女子與兩隻貓同住在兩套房子裡。以她的話來說，一個叫做冥想房，一個是居家房。

小恩絕望地看著貴婦街，原來這就是有錢人的世界。她東張西望的再三核對手機上的地址和門牌，確認無誤後再緩緩靠近一旁的警衛室。警衛先生一臉嚴肅的看著小恩，彷彿她是個誤闖有錢人世界的不速之客。

小恩怯生生地說，「請問，我要找夏淑雯小姐，可以幫我開個門進去嗎？」

「蛤？妳說誰？」

「夏淑雯。」

「沒有這個人啊。」警衛再次確認後揮揮手像在下最後通牒。

小恩不敢再追問下去，只好默默退到一旁打電話給夏姐。

電話響了有些久才聽到夏姐半夢夢醒的聲音。

「喂？小恩啊，妳怎麼還沒到啊？」

小恩沒好氣的說，「我已經到了，可是警衛不讓我進去。」

「喔，妳怎麼那麼可愛啦，那妳把手機給警衛，我來跟他說。」

小恩乖乖的把手機遞給警衛，只見警衛一接到電話像是變個人一樣。連說了好幾次夏總，接著客客氣氣的鞠躬，好像是夏姐頓時出現在面前。

掛完電話，警衛一臉和氣地看著小恩說，「原來妳要找夏總啊，早點說我就讓妳進去了。」

小恩忍住翻白眼的情緒，認命的接受這個弱肉強食的世界。她像是得到了VIP專屬通道，被穩當的送進電梯裡。才剛到九樓，門都還沒開就聽見夏姐的笑聲，她的屋裡好像還有人。

小恩小心翼翼地按了門鈴，只見孫靖不慌不忙地開著門，腳邊還跟了兩隻花貓。

「孫靖？」

「快進來吧，小心這兩隻貓跑出去。」孫靖像是這家的主人翁，熱情招待小恩的到訪。才剛踏進門，就看到夏姐一身輕便隨意盤著鯊魚夾就在那吃早餐。她的臉上堆滿了毫無情感的笑容，就像是種蠟像一樣。

「夏姐早，妳要的東西我已經幫妳拿來了。」小恩急忙從包包裡拿出兩大疊牛皮紙袋。

「喔，謝謝啊。東西放在桌上就好，小恩啊，妳應該還沒吃早餐吧？快來一起吃吧。」這女人說話總有個特點，就是喜歡自問自答。好像別人不管回答什麼，結果都是注定好好的。

小恩略帶尷尬的答了聲好，恭恭敬敬地放下包包坐到夏姐一旁。

「妳去後面的那個櫥櫃自己拿杯子來裝咖啡啊，別客氣，這個我有個朋友從國外帶回來的藍山咖啡，妳自己倒來喝啊。」夏姐這樣熱情招呼，讓小恩根本不好意思跟她說，自己其實不怎麼愛喝咖啡，除了甜到爆的焦糖瑪奇朵，任何咖啡她都是敬而遠之的。

但即便自己心中多麼抗拒，身體倒是很自動的起身走到櫥櫃前挑選杯子。中古風格的裝潢，搭配著這麼歐風的白色小櫥櫃，小恩覺得自己有點眼花，一時也沒想太多的拿了有小花圖案的茶杯。正拿著裝滿咖啡的茶杯走回座位時，夏姐就先發話了，「哎呦，小恩啊，妳怎麼那麼沒有挑杯子的眼光啊。這個是裝茶的，不是裝咖啡的，這樣，不對，還要搭配那個托盤，哎，其實這樣也可以啦，哎，只是……」

就是挑個杯子她也可以講出一番大道理。

孫靖看著夏姐一臉埋怨，趕緊把話題轉向公事，好讓小恩有機會喘息。

其實小恩自一大早起來忙著送材料到夏姐家，這一進門都還沒來得及緩一緩，就被這麼亂七八糟的轟炸一番。

小恩默默端詳著自己的杯子，再看看夏姐和孫靖，看來自己真的沒有什麼挑杯子的眼光，失落的低著頭嚼著剛出爐的吐司。過了一陣子，夏姐彷彿才意識到一旁還坐了個人。

拿起咖啡杯，又用著千古不變的笑容看著小恩，說：「妳覺得早餐好吃嗎？」

小恩一聽簡直五雷轟頂，這究竟是道送分題還是送命題？

「好吃。」這個答案簡直不用多想。

「原來妳也喜歡吃生吐司啊？」

生吐司？小恩根本不知道自己剛剛到底吃了什麼，應該說，她從踏進夏姐她家開始，整個魂都沒有歸位過。

「嗯，對啊，生吐司吃起來軟軟的，很好吃。」

這不是句廢話嗎？哪有吐司吃起來是硬的？小恩真的覺得應該立刻鑽進洞裡。

夏姐好像很努力控制自己不要翻白眼，然後露出一臉假笑說，「嗯，吐司本來就要越軟越好吃。」好像她吃過很硬的吐司一樣。

小恩其實一直都不太明白，夏姐老是那麼講究食物，什麼東西她覺得好吃就必定要大家都覺得好吃，什麼東西她覺得很難吃，就絕對不允許在她的視線範圍內出現。每一次對談就像是一場考試，不幸的，小恩從來都不曾拿過高分。

送完資料後，小恩趕著下一場的會議，要和合作廠商談進一步合作事項。會議，又是不知道哪個天才發明的詞彙。高級的詞彙包裹著華而不實的內涵，完全是一場災難。廠商滔滔不絕說著自己的需求，壓根也不曾顧慮生意本身談的並不是對等的貿易關係。

這種上對下的態度，著實讓人不敢領教。

小恩一手拎著厚重過時的筆電，另一手提著會議資料。

說好聽的是合作洽談，但其實根本就是一場演講。小恩完全就插不上半句話，更別說提出進一步要求。職場中總是會有這種不平等待遇，小恩也就見怪不怪了。什麼遇到有緣的伯樂，現實生活中只有嘮叨不停的伯伯吧。就像坐在小恩右前方的這位，好像是來自政府單位的，從一進門就沒有正眼看過小恩，儼然沒有把這場會議看在眼裡。

「喔，貴公司就派你這麼一位做代表？你們總編呢？」頭髮花白的黑西裝男士率先提問。

小恩尷尬又不失禮貌的說：「我們總編今天去台南開一個重要的會議，所以這裡就由我來跟大家一同討論項目合作事宜。」

「哎，這個夏淑雯，真是越來越目中無人了喔，連會議都不來參加。」現在輪到另一個西裝男說話，小恩對上了年紀的男人都有些臉盲，反正都不是什麼好對付的人。

「我就跟你說，她那人只有當你與她有利益關係的時候，才會跟你攀上關係。」坐在一旁的眼鏡女開始發言。

小恩這下終於搞明白為什麼夏姐今天要派她來開會，因為她根本就不想面對這些人。

雖然小恩過去就曾經耳聞夏姐在這行的名聲不是太好，但這麼直白的評論，她還是第一次見。

「我想，我們主編有自己的安排，我們可以回到項目上來討論嗎？」小恩刻意提高音量，好讓自己有些存在感。

開完一場無聊又沒有意義的會議，絕對是對生命的一種浪費。

「其實他們說的也沒有錯啊，妳怎麼感覺不太高興啊？」又到了週五下班時間，小恩跟漢娜很有默契地坐在居酒屋的吧台。眼前兩杯生啤酒已經快要見底，漢娜通紅著臉質問著小恩。

「我也不是不高興，只是，妳說這就很矛盾啊。平常我們數落夏姐習慣了，輪到別的公司當著我的面前數落她時，心裡就是感覺怪怪的。」

「哪裡怪啊？」漢娜堆著滿臉的困惑。

小恩悶頭把剩下的酒乾了，什麼話也不想說。

她想著，「就是心中的矛盾在打架吧，人有的時候會這樣的。因為如果我也跟著他們一起數落夏姐，那現在我還待在這個公司做她的屬下，豈不是顯得很可笑？」

漢娜撓著頭說，「我們啊，就是這是個可憐的打工人啊，敢怒不敢言罷了。乾杯！」

每到週五的夜晚，路上就開始熱鬧起來。好像平日裡只有這天才是真正活過。

小恩走在人群裡，想著今晚要到哪裡去晃晃。週五的時光太過珍貴，不知道該怎麼過才能不浪費。她悠悠坐在路邊的石椅上聽街頭藝人唱歌。人來人往，每個人好像都有要去到的地方。其實小恩也有，不過現在只想在生活中按下暫停。

就在這時，背後突然傳來一個熟悉的聲音，「小恩？」

小恩轉過頭來，發現穿著深藍色風衣的彭皓，褪去平時上班穿的那身白襯衫，眼前的他，像極了大學生，他的身旁站著其他年紀相仿的同伴。

「誒？真巧。」小恩努力掩飾自己的尷尬，還要顯得有些落落大方。

「妳在等人嗎？還是準備回家？」彭皓似乎沒能察覺他朋友中有個女孩一直不停盯著小恩看，繼續旁若無人地和小恩搭話。

「我，等人。」這個下意識的回答，連謊話聽起來都像是真的。

「喔，好喔。」彭皓沒有繼續問下去，但還是杵在原地不離開，直到一旁的女孩忍不住上前，拉著彭皓的手臂說，「阿皓，這個漂亮的姊姊是？」

姊姊？小恩心裏有股說不出來的鬱悶。我難道看起來有這麼像姊姊嗎？

「公司的同事，不同部門的。」這種回答很安全，讓人一點也不會朝奇怪的方向想。

女孩不再自討沒趣繼續追問，轉頭看向彭皓說，「電影快開始了，我們不先走嗎？」音量調節的正好讓三個人都聽得到。

小恩很識相的說，「我朋友好像到了，我先走了。」

「嗯，好，那明天見！」彭皓有意無意的這樣說，只見女孩一臉疑惑的看著他，小聲嘀咕，「明天？明天不是假日嗎？」

彭皓沒有回答，只顧著和小恩相視而笑。

共享祕密，或是彼此創造一個祕密，都是可以是拉近距離的好方法。

週六早晨，小恩本來應該要坐在沙發上慵懶的喝上一口焦糖瑪奇朵。可是現在她卻被硬生生帶到公園廣場中央，看著彭皓在一旁做熱身。

「誒，妳不要一直站在那裡，快來跟我一起熱身，等等跑一小段。」他明明就站在不遠處，但還是故意要提高音量，好讓小恩從放空的思緒中抽離。

「我就說不想來，你幹嘛非要拉著我來跑步啊？」小恩滿臉的不情願，默默移動到一旁的石階上坐著。

「齁，妳很懶誒，週末就是運動的好時候，妳不趁年輕多運動調理身體，到老遲早要還的。」

「反正我也不知道自己能不能活到老，不如趁著還活著的時候好好休息才是正道。」

彭皓翻了個大白眼後，自己跑向公園另一條小徑去。

小恩坐在石階上，靜靜的看著四周環繞的大草原。原來這裡假日居然有那麼多人，起了個大早到草原上野餐。

「真不可思議，週末在我還沒醒來的時候，原來已經有很多人的一天已經開始了。」

小恩忍不住拿起手機拍下眼前美麗的早晨，突然畫面傳來《晚安信》的提示訊息。

「對了，我怎麼會忘記回信呢？」

最近一次回信是在兩個禮拜前，來自Night Boy的來信。

「他會不會以為，我是故意不想理他啊？」小恩對著手機螢幕發呆。

一旁彭皓不知道從哪冒出來，「妳在看什麼啊？」

小恩連忙把手機藏在身後，就怕被彭皓發現自己有在用《晚安信》與陌生人交談這件事。理智上告訴她，對彭皓要有些戒心，不管是出於什麼原因。

「喔，沒有啊。」

彭皓沒有多說什麼，只是繼續到一旁做伸展操。

「誒，要不要一起去吃早餐？」小恩若無其事地問道。

「嗯。」

沒過多久，他們就已經坐在小恩家的沙發上。

「肉鬆御飯糰加上左岸咖啡館的奶茶，妳認真嗎？」彭皓吃驚地看著桌上所謂的豐盛早餐。

「對啊，這有什麼不對嗎？」

「妳說要請我吃早餐，結果就這樣？」他無奈地拿起在他看來明顯份量不足的飯糰。

「誒，要吃不要嫌喔，這對我來說已經是個很不錯的早餐了好嗎？」

「妳早上都是這樣吃啊？」

「對啊，有的時候趕時間，就在路上隨便買，小七、全家、ＯＫ、萊爾富，反正所有便利超商的早餐我幾乎都吃過一輪了。」

彭皓不知道這個時候該用什麼話來形容當下的感受，只是靜靜地打開御飯糰，生無可戀的咽下去。

「我很多時候都是一個人吃飯，雖然我覺得這也沒什麼不好，但在外面如果一個人吃飯，總有一種想要趕緊吃完走人的急迫感。」小恩沿著御飯糰上標示的順序俐落的拆開塑膠套。

「什麼意思啊？」

「就是，雖然我不抗拒一個人吃飯，但是，還是很討厭被人家知道我都是一個人。」

「喔，我知道。就像昨天妳明明就一個人坐在街上，碰到我卻偏偏要說在等人對嗎？」彭皓舉一反三的功力還真是讓人自嘆不如。

「這，根本就是兩碼的事。」小恩有種腦羞的感覺，她甚至很後悔為什麼要跟這個小屁孩說那麼多內心話。

「可是妳以為，跟其他人一起吃飯就不會孤獨嗎？」彭皓這句話就這麼凝固在空氣中。

小恩沒有想到話題竟會這樣展開，眼前的彭皓似乎有點像某個深藏在記憶裡的人，但她一時之間也想不起那個人是誰，只是覺得這樣壓低嗓子帶著真誠眼神的彭皓有些陌生。

「什麼意思啊？」這次換小恩帶著疑惑的表情看著他。

「嗯，我也不知道該怎麼說，可能就是越歡鬧的時候，越覺得自己孤獨吧。」

「所以，你昨天很孤獨嗎？看不出來誒。」小恩現在變得很會學彭皓說話，這樣反將一軍，逗得他有些不知所措。

或許每個人都有不為人知的一面吧，小恩沒有想要再去深入探究。太了解一個人，不管是對自己還是對對方來說都是一種負擔。

# 第三封：比起太陽，更愛月亮

其實小恩也覺得很奇怪，自從用了《晚安信》之後，莫名多了份安全感。而且彷彿只有通過《晚安信》她才能自在的做自己。是一股既輕鬆又感慨的感覺。平常要跟家人甚至是親近的朋友談心事都有種難以啟齒的鴻溝。小恩曾經想過，這應該跟自身的性格有關吧，在家人面前總是喜歡自己扛下所有事。

這是她第一次，對一個陌生人說出隱藏很久的心事。

「太不可思議。」小恩每當收到《晚安信》傳來的訊息時，都會覺得這或許是種緣分也說不定，但她沒有讓自己就這樣陷入不切實際的幻想之中。

因為現實的世界裡，緣分早已被安排妥當。

登登……

才剛覺得自己可能有著逃脫現實的希望，頓時被這通電話澈底打斷。

「誒？」不用想也知道，是她打來的。

「喂小恩啊？」

「嗯，什麼事啊夏姐。」

「那個，妳要睡了嗎？」

她的每一句話都帶著疑問，小恩感覺自己就像是天生就應該替她解答的使者。

「嗯？沒有啊……」反正也睡不著，特別是在接到電話後。

「就是啊，小恩啊，妳知道的，從妳剛進我們公司，我就有跟妳說過，我是要好好栽培妳的，因為我看得出來妳是一個很有野心的孩子。」

「嗯……」

「所以啊，妳一定要好好把握年輕的時候，任何機會都不要放過，不要辜負我對妳的期待。」

期待？

為什麼總是有那麼多人喜歡把自己的期待安放在他人身上，像是種推卸責任。

夏姐似乎毫無察覺出小恩早就神遊。

這些話，小恩早就已經聽過不下百遍，而且，還曾聽夏姐私下對別人也說過一樣的話。

起初，小恩也願意相信，夏姐會跟她說這些，是出自對她的重視。

如果真是這樣，她也會願意欣然接受，努力不懈。可是……這些話聽久了，就像是毫無意義的文字符號，沈重的往他人身上砸。在小恩看來，夏姐的所作所為一再證明了，她並沒有口中說的那樣尊重過她。每當創意發想提案，管你A版或B版，最終都會被修改成面目全非的那版。或許，連夏姐自己都沒能察覺，她有多麼喜歡忽視別人的感受。

「算了，反正她從來都只在乎別人有沒有聽她說話，根本不在乎那個人其實一點也不想聽。」

小恩暗自揣想著。就這樣想著想著，不禁開始懷疑起，這世界上還有人會願意聽別人說話嗎？

她毫無意識地滑著手機，眼神泛著空洞的光。

「早啊，昨晚睡得好嗎？」才剛從家門口走出來，彭皓不知道什麼時候站在小恩身後，神采奕奕地看著她。

「嗯，還可以。」小恩回答得小心，不想破壞早晨的好心情。

「難得誒，怪不得妳今天氣色不錯。」

「真的嗎？」

「妳該不會有吃什麼安眠藥吧？」他一臉狐疑地說道。

「哪有，搞不好今晚又會失眠了吧，我總是這樣啊，反反覆覆的。」小恩其實內心不太想承認，自從用了《晚安信》之後，晚上都能一覺到天亮。

「不管怎樣，昨晚有睡好就好，今天會議報告應該沒有問題吧？」

「會議報告？」

「對啊，前幾天妳才在嚷嚷說今天早上要做會議報告啊。」

糟糕！

小恩才剛踏進公司就感到有股莫名陰森的氛圍，連忙探頭往總經理辦公室一看，糟糕，夏姐今天竟然那麼早。

她急急忙忙走向座位，趕緊將這消息傳到群組。

「小恩。」

是孫靖的聲音。

「？」

「妳來一下。」多麼像夏姐的語氣，讓小恩感到不太開心。

小恩滿是疑惑的跟著孫靖走到辦公室角落的影印間。

「這是最新的企劃案，妳看一下。」

小恩拿起一大疊厚度約莫三十頁的Ａ４紙，全彩色列印的企劃報告摸起來還有點溫度，但更實在感受到的是它的厚度，就好比今天一早莫名席捲而來的壓力。

「這？」小恩快速看過其中的幾篇內容。

「《全球熱點》這本刊物妳有聽過吧？」孫靖又是用這種質問的語氣。

「主要聚焦創業家採訪的刊物？」

「對，就是那個。」

「他們家最近要做全新系列的報導，我們首要任務就是要找到有話題性的創業家做採訪。」

小恩沒來由的感到一種不祥的預感，繼續低頭看著企劃案裡密密麻麻的規則。

「簡單來說，這是一場競賽，《全球熱點》會找到最有實力的新媒體做獨家企劃。」

「這上面寫的繳交期限只到下週三，今天都已經星期四了，不到一個禮拜？」

不用想也知道孫靖之後會說出什麼話。

「夏姐很看重這個案子，所以才會叫我找個幫手一起完成，妳放心，最後若成功拿下案子，獎金我不會獨吞的。」

幫手？

小恩其實還來不及好好品味這幫手背後的意義，就已被她下達加班通知。

晚上八點半，小恩看著坐在斜對角的孫靖努力與電腦奮戰。

真想不到她之前才沉浸在《晚安信》溫暖的文字當中，現在眼前所及的全是冰冷冷的字詞堆疊。

天真的她，還期待著之後每一天都要跟Night boy通信。

結果，計畫還是趕不上變化啊。

「那個，孫靖。」

「什麼事？」

「妳肚子會不會餓？我去小七買點宵夜？」

孫靖這才將視線轉移到牆上的時鐘。

「已經這麼晚了？」她的語氣有些惆悵。

小恩苦笑著沒有說話，反正她只要認真起來，小恩其實也不好意思說要提前回家。

「走吧，下班吧。」

小恩彷彿看到前方終於亮起神聖的放行燈，興高采烈地收拾自己散亂的行囊。

「那個，小恩。」

不會吧？還不到十秒她就反悔？

「妳要不要一起去吃宵夜？」

比起她反悔要留下，這句話更讓小恩驚訝。

一時之間也想不到藉口搪塞，馬上就答應了。

隨後就跟著她的腳步，穿過一條又一條陌生的街道。

「就是這！」孫靖用手指了指前面有個霓虹招牌的小店。

熱炒？

「包包可以放這裡。」孫靖像是來到自己家裡，整個人的神情都變得自在許多。

小恩脫下外套，將包包放在腳下的置物籃裡。

從外頭的招牌還真看不出來，裡面的裝潢是標準台式的快炒店，粉紅色的塑膠碗以及不太環保的免洗筷。

晚上九點半，這間熱炒店還是人聲鼎沸，就連平時輕聲細語的孫靖都不自覺得提高音量。

孫靖熟門熟路的從左側角落的冰箱拿了兩瓶台啤放到桌上，「喔，忘了問妳會不會喝酒？」

「我，都可以。」

清爽的開瓶聲，打破了兩人之間的寂靜。

「妳好像很常來這？」小恩看著面前有些陌生的孫靖。

她笑著說，「對啊，只要加班之後想吃宵夜我就會來這裡。」

「看起來很像是隱藏版美食店。」小恩刻意若無其事地開著玩笑好化解一點尷尬。

「其實會知道這家店也是一次偶然。」她開啟了這個頭勢必就在等一個聽眾。

小恩好奇的看著她娓娓道出這份偶然的故事。

「剛到公司前幾個月，我做提案都很不順利，約訪約不到、稿子連續被退件。」還沒等著小恩反應，孫靖自己就先喝了一杯。

「結果我就在某天路過了這家店，說也奇怪的，竟然就與這裡的老闆聊了起來。這才發現，原來這就是一種緣份……就好像是冥冥之中，有人把我牽引到這裡。」

小恩對於這種冥冥之中注定好的緣分並不好奇，只是不敢相信在大家面前總是一板一眼的孫靖竟然也有工作不順利的時候。

「來囉，你們點的五味魷魚和特製版客家小炒。」老闆的聲音清澈響亮，蓋過多數人聲。

「特製版？」

「對啊，是老闆特調的醬汁。我很喜歡這種味道。」孫靖邊說邊把手中的筷子掰成兩半。想不到才一入口，頓時被鹹而不膩的調料給征服。

小恩放下自己已經堅持多年不吃宵夜的原則，今天打算就直接破戒。

「怎麼樣？」孫靖一臉好奇的看著她。

小恩趕緊把口中塞滿的豆乾、魷魚吞嚥下去。

「真好吃。」

孫靖淺淺地笑了，這好像是小恩進公司兩年以來第一次看到她會笑。每次在辦公室裡見到她，就有股莫名難以親近的感覺。

「我記得，妳一畢業剛來到公司好像就是我帶妳的吧？」

人總是有種特別的習性，只要幾杯酒下肚，再不熟的人都能瞬間變摯友。

小恩詫異地看著微醺的孫靖，輕輕的點著頭。

「妳是不是很不喜歡我啊？像是很怕我一樣？」

若真要說實話，小恩其實不只一次因為孫靖的關係而萌生離職的打算。每當自己努力做的提案被回絕、標案失敗或是孫靖成績比她還好、更受到夏姐器重時，小恩就會不自覺得感到心力交瘁，一而再再而三的考慮離開公司。

但小恩總會在事過後自己檢討，這種離職的衝動本質上是來自一種輸不起的性格。

孫靖的存在對小恩而言，像是個挑戰，冥冥之中也是種阻礙。

過去在學時期，小恩總是可以輕易的取得好成績，博得老師與同學的喜愛。不管在任何領域，她總是期許自己都要成為最優秀的那個人。

可是一進入職場，卻發現根本不是這麼一回事。一夕之間，她感覺到自己原來僅是個普通人，一個普通到可以被輕易忽略的人。

所以當她看到孫靖可以這麼受到夏姐賞識的時候，便下意識地感到嫉妒。沒想到嫉妒到了後來，變成一種討厭。她討厭同事那麼喜歡孫靖，也討厭夏姐老是喜歡在她的面前稱讚她。

小恩早就知道，她的這份討厭肯定無法隱瞞。所以才會乾脆跟她保持一種距離，為了彼此都好。

可是現在，孫靖就這樣醉醺醺地坐在她的面前，身邊沒有厭惡的企劃案，更沒有老是喜歡挑撥的夏姐。突然之間，所有隔閡好像暫時都解除了。小恩開始好奇眼前這個令人感到陌生的她。

「嘿？我太直接了嗎？嚇到妳了？」才一恍神，孫靖在小恩眼前揮了揮手。

「沒有。只是，不太習慣。」

「看來我們真的太少機會聊聊天了。」她苦笑著，神情有些落寞。

「對啊，在公司裡，每天都太忙了。」小恩喝了口啤酒。

「是啊，好忙，但又好像不知道自己究竟在忙什麼。」孫靖這番話，瞬間開啟了小恩積累許久的感觸。

「我常常在想，出社會就是這樣嗎？工作都是這樣不開心的嗎？如果不開心我們又能怎麼辦？除了偶爾私下的幾句抱怨，隔天還是得面帶笑容的接受與承擔。」

「我們好像都太習慣隱忍，太習慣什麼話都往自己肚子里吞，我也不知道這樣究竟對公司、對團體、對彼此到底是好是壞。只是不知不覺就變成這樣了，如果這是錯的，那我們早已經錯了太久，忘了正確的路到底該怎麼走了。」

孫靖見小恩沒怎麼說話，就自顧自的說起話來。

「別看我平常工作的樣子，我過去可是很愛交朋友也很愛聊天的。」

這樣突然其來的自我告白，小恩一時之間還沒會意過來，只是不停的在幫自己和孫靖倒酒。

「那妳現在？」小恩沒有把問句說完。

「朋友，在職場裡根本就不存在。工作中來來去去的人那麼多，大多數只是你人生中的過客，放了感情後，做什麼事都不方便，不如不要。」

小恩看著眼前的孫靖，心裡有種說不出的複雜感受，她想著，孫靖為什麼要跟我說這些？如果在職場裡不需要朋友，那麼現在說的話究竟是代表什麼意思？

直到兩瓶台啤全都成空罐後，小恩依舊沒有找到答案。

她只是覺得從剛進來熱炒店開始腦袋就亂哄哄的，好像自己在跟自己打架。

要離開之前，小恩和孫靖在店門口道別。

「那明天見了，路上小心。」

「孫靖！」

「？」

「其實我，並不討厭妳。」

孫靖笑了笑，點著頭說她知道了。

就這樣，結束了她們祕密的宵夜時光。

回到家後，腦海裡不斷出現孫靖今天在熱炒店裡說的話。

原本想傳訊息跟她說句謝謝，但是左思右想都想不到任何合適的句子接續下去。

最後僅僅傳了，「謝謝招待，好好休息」八個無意義的字。

而孫靖則是傳了一個貼圖表示收到，就像她平常那樣。

小恩晃了晃裝了太多故事的腦袋，不禁開始懷疑，剛剛的宵夜時光是真的發生過，還是在做夢。

一瞬間，看到手機上方滑出一則提醒。

《晚安信》等待你的回覆。

小恩這才想起來，今天輪到她要回覆對方的信件。但她的身體卻不聽使喚，乾脆連衣服都不換，直接躺在沙發上睡著了。

隔天一早，彭皓好像起晚了，小恩就自己搭車去公司。說也奇怪，平常小恩總覺得和他一起上下班太彆扭，不自覺得總想遠離他，免得引人側目。可是今天，他突然的缺席，小恩心裡有種說不上來的空虛，每走過一個街口，都會忍不住期待他會不會突然出現。

然後他們倆就會像無數個普通的日子那樣，肩並肩地一起去上班。

只可惜，今天，彭皓不僅缺席了一起上班的時光，到了辦公室也看不見人影。

小恩搖了搖頭，想到，看來人是很容易染上依賴這個怪病的。

下班搭車路上，小恩還是忍不住想起昨天孫靖和她說的那些話。

「誒，妳幹嘛？心不在焉的樣子。」彭皓身上的沐浴香飄散在他們中間。

「沒有啊。」小恩下意識的拿起手機裝作很忙的樣子。

這傢伙一整天不見人影，怎麼就突然出現在51號公車上。

但不管原因是什麼，小恩看到他就有種莫名的安心。

「對了，妳昨天是不是很晚才回家啊？」彭皓有意無意的提問，讓人感覺話中有話。

「嗯，對啊，就手頭突然多個案子要加班。」

「真辛苦，哪像我們廣告部，基本上上下班時間都算蠻固定的。」

「你這話是故意想說給我聽的吧？我看你是欠揍！」小恩正想拿起包包往他臉上砸過去。

「好啦好啦，不鬧妳了！我的意思是。」

公車的後門突然打開了，彭皓一把將小恩攬到懷裡。

直到公車門再度關起，小恩和他才緩緩的注視著對方。

「我剛剛的話還沒說完。」彭皓刻意低下頭湊近小恩的耳邊說，「下次要吃宵夜，可以找我一起啊。」

說完，他就裝作沒事一樣轉身快步走向最後一排座位。

當下雖然沒有意會過來。但小恩到家後仔細一想，她不記得自己有跟他說昨晚吃宵夜的事。彭皓怎麼會知道呢？

這樣的困惑也沒困擾她太久，因為最近實在有太多事要忙，即使是下班回家，也不過就是換個場景繼續工作罷了。

就這樣，她沒有多想，又被手機上那條訊息給吸引。

**來自《晚安信》的訊息。**

光看到這則訊息，就足以讓小恩開心到活力十足，拼盡全力也要盡快完成項目企劃，然後快點打開APP寫下新的一封信件。

每個人都會突然在某個瞬間能力大幅提升，也就是俗稱的「開外掛」。就像在大學時期，總是會有硬要在死線之前交報告的同學。問他們為什麼就不能提早一點交，他們總會理直氣壯的說，「因為靈感尚未被開啟！」。這句話背後似乎散發著聖光。

什麼是靈感呢？就是快被死線壓到喘不過氣的時候。

但是小恩不是這種人，她是那種每當有壓力的時候，什麼事都做不好。可是一但能收到一則好消息，比如一句稱讚或是鼓勵的話，都能讓她瞬間能力提升百倍。也就是她開外掛的時刻，而今晚，收到晚安信通知的同時，小恩再次開了外掛。她使出大絕招，終於把三十頁PPT企劃案給完成。小恩拿著水杯走到窗前伸展，靜靜看著掛在黑夜中的月亮，這麼美麗卻又遙遠。她像是突然想到了什麼重要的事情，急忙拿起手機打開《晚安信》寫下：

**To: Night Boy**

今晚的月亮很美，你有發現嗎？
我常常覺得很奇怪，就是每當我睡不著時，抬頭總能看見月亮。
滿月也好圓缺也好，它就在那裡，可以讓人心趨於平靜。
你也會有這樣的感覺嗎？
白天的太陽有時讓人感到太過直接，彷彿總是急切地邀請你進入屬於它的歡鬧。
它不管別人喜不喜歡，也不管別人今天究竟經歷了什麼，耀眼的投射出別人的自卑。
但月亮不一樣，它只有在夜晚靜靜地閃耀。
不喧鬧不招搖，就這樣獨自掛在天空中。
即便周圍佈滿深色的夜，它仍舊努力的用自己的力量照耀他人。
每當看著在夜晚也無比耀眼的月亮，都讓我感到一種美麗的感傷。
你也喜歡看月亮嗎？

**ID：無法入睡的可憐蟲**

寄出信件的那刻，小恩滿足的再次抬起頭看著月亮。

「這一刻，就當你見證了。」小恩小小聲地說著。

不知不覺就和「Night Boy」通信起來，像是在和網友聊天一樣，兩人似乎離得很近卻又相隔遙遠。她總是會忍不住好奇想要知道這個人究竟長什麼樣子，到底是不是夢裡曾經出現過的白襯衫男孩？還是曾經在捷運裡擦肩而過的路人？

不管是什麼，冥冥之中，小恩都能感覺到他的出現會為生活帶來很多改變。

即使改變她的那個人不在身邊，也依舊能從他的文字中找到慰藉。

「是不是該約出來見一面？」小恩暗自揣想。但她又想到，感覺這種話不應該是女生先提，像是她很迫不及待見到他一樣。小恩搖搖頭，努力壓抑著自己這份好奇，趕緊倒頭睡覺。

「小恩，歐姆特的企劃案寫好了嗎？」夏姐犀利的眼神正盯著她看。

「喔，好了。我正在印。」

「快點，我趕著下午要去台南開會。」

開會？如果坐在一大片落地窗前喝咖啡叫開會，那信義區應該是滿山滿谷的貴婦開會專用地了吧？

「好。」即使內心跑過太多潛台詞，但最終能說出口的還是那句嘹亮的「好」。

其實小恩很討厭這樣的自己，但為了生存，讓自己適應職場才是正道。

嘟嘟——

是《晚安信》的訊息，看來Night boy已經回信了。

小恩一早出門還擔心是不是自己寄的信太過無聊，所以把人家都嚇跑了，看到回覆通知，感覺就像中樂透一樣開心。

**To：無法入睡的可憐蟲**

昨晚睡得好嗎？

不得不說，昨晚的月亮真的很美。

但是我要老實說，若不是收到妳的來信，我可能會直接埋首在電腦桌前一整夜，跟奇怪的文字符號繼續搏鬥。

光是看到妳的文字，都能感受到妳對月亮的那股熱愛。

讓我也忍不住邊寫這封信的時候，邊依偎在陽台站在一個抬頭就能看見月亮的位置。

雖然我沒有特別關注過它，但我能感覺妳的這份喜歡和我有些相似。

妳覺得比起熱情的太陽，更偏愛沉靜的月。

我仔細想了想，其實這也適用於人。

比起那些總是被高調追捧的，我更喜歡關注那些不被他人理解的角落。

只有那裡，才會真的有溫暖。

**妳也是這樣覺得嗎？**
**希望妳不要覺得我是個奇怪的人。**

## ID: Night Boy

小恩暗自的笑了。奇怪的人？不知道為什麼她莫名喜歡這句形容。畢竟小恩從小就是個奇怪的人，思想特別超齡，時常獨來獨往，對她而言，奇怪早就是一層脫不掉的標籤。奇怪的她，碰上同樣奇怪的人，難怪小恩覺得一切都是這麼的自然。

「小恩啊，還沒印好啊？」遠遠地來自夏姐的呼喊，直接把小恩帶回現實。

「喔，來了。」

又到了週一開會時間，今天的會議主要聚焦在孫靖負責規劃的新企劃案，小恩只是默默在一旁擔任副手。

「這個部分再做一些修改，妳可能還要再去聯絡其他部門的人。」夏姐低著頭瞇著眼看手中資料。

「我知道，今天下午就能把這第三部分做完，預計這週末可以完成。」孫靖回答的乾淨俐落，每次開會都是她的主場秀。

一直到進入職場小恩才發現，原來這是屬於另外一個賽道。

過去你在學校的成績如何，根本就不重要。即使你曾經是校園裡的風雲人物也好，學生會長也罷。進入職場的遊戲裡，你只是一顆棋子，從零開始。

小恩忍不住想起昨晚和孫靖的對話，說實在，她也不是刻意要討厭孫靖。但就連自己也說不清那股感受是什麼。就像幾個禮拜前她和彭皓聊天說的那樣，「如果孫靖和我是同學，或許我們可以成為不錯的朋友。但是此刻的我們是同事，是一種趨近上下級的關係。不管是在公事上還是私下，她可以永遠都高我一截。就憑這一點，自尊讓我無法真心喜歡她。」

彭皓那時聽完之後，居然沒有一絲困惑，更沒有因此覺得眼前的女人是個勢力的人，他用著沈穩的口吻說：**「其實這世界上，又不是每個人妳都要喜歡，妳只要喜歡妳想喜歡的就好了。」**

這麼簡單的道理，是什麼時候被我們變得那麼複雜了。小恩有的時候還真是不得不佩服彭皓那份天真單純的心。尤其在現在的社會裡，這份單純顯得格外珍貴。

淡橘色的夕陽斜照在街道上，人來人往。日落時刻，總讓人覺得全身懶洋洋的提不起勁。

「誒，在想什麼呢？」突然一個熟悉的聲音從背後傳出。

小恩轉頭一看，彭皓手上提著兩袋金牛角麵包。

「這是晚餐嗎？」小恩沒來由的問。

「喔，不是啊，宵夜。晚上熬夜趕企劃案的時候可以吃。」

「你們也要加班啊？」

「什麼叫也要？我是為自己加班，心甘情願。和你們新媒體部的人加班的定義不太一樣。」

這話中有話，小恩懶得與他繼續辯駁。

「誒，好啦，不鬧妳。這個拿去，晚上當宵夜也好，早上當早餐也可以。」

他話才剛說完，一袋沈重的金牛角麵包就落到了小恩的手中。

小恩來不及回答，彭皓就已經自顧自的走向捷運站口。

她其實一直都不敢往深處去細想，彭皓這幾個月來對她的照顧到底是代表什麼意思。究竟是害怕談一場戀愛，還是害怕自己心裡其實已經住了另外一個人？答案好像都在《晚安信》裡面。

其實小恩每天都期待著一個人的回覆，和現在流行的速食社交方式不同。可以為了等待一封回信而努力工作一整天不喊累。也可以為了寫一封信，花了一整天時間不斷打草稿。這樣字字斟酌，有著時間的刻痕與等待的結晶。就像小時候與認識的姊姊或是喜歡的學長通信一樣，令人悸動。

好久沒有人真的認真傾聽過別人說話。

好久沒有人真正的用心想要維護一段關係。

# 第四封：夜晚依然耀眼

「關於失眠的事，妳有去看過醫生嗎？」他一邊問一邊拿起桌上的開瓶器，看來今天是要來場不醉不歸了。

「看什麼醫生啊？就這樣閉著眼睛也算是休息了啊。」小恩拿著裝滿酒的杯子豪氣乾下。

「妳這樣哪叫休息啊，休息是要進入深度睡眠……」彭皓接過小恩手上的空杯繼續填滿。

「好啦，我當然知道啊。可是我有什麼辦法，失眠就這樣反反覆覆的……」小恩又再次把杯子裡的酒一口喝光。

彭皓這次不再幫小恩添酒，而是落入一段好長的沉默。這已經是連續第三個禮拜都在加班了，彭皓乾脆趁著晚上公司人不多，帶著小恩跟漢娜最愛的角High來慰勞她們。

「哎呦，失眠死不了啦。別一副憂國憂民的樣子，讓人看到還以為我得了絕症呢。」小恩刻意打破這該死的沉默，就是不喜歡看到別人為了她的事而堆滿憂鬱的神情。

「一定很辛苦吧……失眠的感覺。」彭皓這句話說得格外平靜，但每一字都清晰到足以讓小恩忽視了周遭環境的嘲雜聲。

「一定很辛苦吧。」這句話是Night Boy第一次與她通信後寫下的，也就是因為這句話，讓小恩開始覺得Night Boy是個值得信賴的人。

不是刻意的安慰，也不是讓人彆扭的同情，而是感同身受的話語，讓人感到窩心。

上次是在《晚安信》中讀到這行字，而今天則是聽到別人親口對她說，而且這個別人居然還是平日裡老愛和她鬥嘴的小屁孩彭皓。

小恩其實不是一個很習慣輕易吐露苦水的人，特別是失眠這件事，既私密又難解。

這些年，她也或多或少與不同好友提過關於自己失眠的事。不管要好還是不要好的朋友，聽到失眠這兩個字，大多會出現兩種反應。一種是不明所以的開啟大師講堂，曉以大義跟你說了一堆養生之道；另一種就是擺出一副事不關己的樣子，直接說句無關緊要的話帶過。小恩聽久了，自然也就知道該怎麼應付這樣的對話。

可是今天的彭皓，似乎跟其他人不太一樣。就連一旁微醺的漢娜都投以奇怪的眼神。但彭皓絲毫沒有感覺，認真的看著小恩，似乎真的很能體會她的感受，「獨自挺過的夜晚，很辛苦吧。」比起叫她加油，振作一點。這句辛苦，感覺更讓人難以招架。

小恩一動也不動的看著他，眼前這個男人，就是不按牌理出牌。眼淚止不住的從臉龐滑落，他輕輕地拍著她的肩，讓小恩想起了小時候，媽媽也經常像這樣輕輕地拍著她的肩膀，哼著歌曲哄她入睡。小恩記不得到底有多久，不曾把自己的情緒暴露在他人面前。

「小恩，妳不用擔心啦，睡不著可以打給我，我陪妳聊天啊。」漢娜不知道從什麼時候站到了她和彭皓著中間，同樣拍著小恩的肩膀。

「我曾經看過有個作家寫過，失眠就像落入漫無止境的迷宮。很多人會因為夜晚而嘆息。但是人生走著走著都會遇到幾次看不到陽光的時候。只要慢慢地走，慢一點，再慢一點，一點一點，會有一天，你會發現耀眼的陽光就在前方。」

「這樣，真不像你！」小恩破涕而笑，忍不住回虧彭皓這副正經八百的樣子。

彭皓笑著看著她，繼續說，「我啊，其實有很多面的。只是，妳還沒有認真認識我吧。」

三個人之間，瀰漫著某種奇妙的氛圍，小恩依舊不想去深想，怕是打破了這個平衡，就會失去某些真正重要的東西。

回到家後，小恩重新打開了昨天收到的回覆，上面寫著：

**To：無法入睡的可憐蟲**

**昨晚睡得好嗎？**

**妳有試著在夜晚的時候聽歌嗎？**

**我覺得在睡前聽一首老歌，特別能幫助入眠。**

**最近我常在聽Perry Como的《And I love you so》。**

**在房間裡獨處時，讓音樂四放到各個角落。**

**佔滿了音律的空間裡，就不會有寂寞了。**

**妳也可試試。**

**在夜晚時聽首歌吧。**

**至少，在聽歌的那段時間裡，妳可以是自由的。**

## ID: Night Boy

這首歌，早就是小恩每晚睡覺助眠的歌曲。

她只是覺得很稀奇，Night Boy似乎在冥冥之中與她產生了某種交集。

因為這首歌，所以夜晚變得很平靜。

小恩回想起今天在公司，當彭皓問她從什麼時候開始會失眠，以及為什麼會失眠的時候，她其實並沒有說實話。

因為關於失眠的原因，就連她自己也不是很清楚。

她曾經自己推論過，這或許就是一種心理因素。簡言之是神經太細，從小就對噪音很敏感，尤其是夜深人靜的時候，任何風吹草動對她而言都像是刮起驚濤駭浪一樣可怕。

但是這幾年下來，漢娜也曾經判斷過，她覺得小恩是因為寂寞太久，所以容易夜不能寐。想要改善就只有一條路走——找個人陪。

但這個判斷小恩其實壓根沒有放在心上，因為可信度不高。感覺她好像是在輕視這個世界上一個人也可以過得很好的人。

最後一個關於她總是失眠的原因，恐怕在於自己與家人身上。

雖然小恩從不願意正面承認，但她的家人確實成為她失眠的一部分重要原因。尤其是她最深愛的媽媽。在小恩的印象裡，幾乎沒有爸爸的存在。雖然她多少有從親戚那邊耳聞關於爸爸的消息，但最終從未真正獲得媽媽的證實。

在小恩的記憶裡，好像自小就與媽媽兩個人待在郊區的巷弄內生活。印象中，媽媽沒有特定的工作，整天就是坐在深紅色的縫紉機前低頭對著幾塊布在縫縫改改。這個記憶裡的畫面幾乎像是定格一樣存留在小恩的腦海裡。她的童年就是由一張張定格的畫面拼湊而成的，而在這些畫面裡，除了縫紉機轉動的聲響，幾乎聽不到其他任何聲音。就像上演默劇一般，小恩從小學會了怎麼樣與世無爭的安安靜靜過日子。

要說小恩早熟，其實也不盡然。她也曾經很羨慕那些假日都能與父母出去遊玩的同學，因為她的假日只能陪在媽媽身邊做作業，要不然就是偶爾跟媽媽去市場買菜。可是小恩其實非常討厭去市場，那裡人多口雜，時不時都會聽到一些關於爸爸的傳言。像是轉角賣高麗菜的阿姨最喜歡和隔壁的水果攤老闆說，「小恩的爸爸好像是跟別的女人跑了，可憐喔，這麼小就沒爸爸。」

「你小聲一點，這樣亂說人家八卦，小心被罵。」

其實媽媽每次都有聽到，只是都會裝作一副不在乎的樣子。小恩有好幾次都想要反駁，可是心裡卻又感到很忐忑，畢竟媽媽從來都不曾與她提過有關爸爸的任何事。

但有事情越不明說，就越顯得這件事情在當事人心中有多重要。

即使媽媽不說，小恩也能看出來，他們並不像外面的人說的那樣。

只是謠言的版本太多，掩蓋了真相。

即便從小生活環境並不富裕，但媽媽從不願虧待小恩的任何需求。媽媽常說，「在家再狼狽，出門也要體體面面的。」

體面就像是一塊沈重的石頭，重重的壓在了小恩的童年上。

開家長會的時候，小恩媽媽幾乎回回都會出席，每回她總會刻意穿上那些天縫製的新衣服，為的就是讓小恩撐起顏面。小恩還記得國小的時候，特別討厭收到親職教育日的邀請通知，因為這就表示，媽媽又要來學校和眾人好好炫耀一番。

「我們小恩特別優秀，考試都是前三名的，我從未給她補過習，自己就很聽話。我看這孩子打從一出生下來就是來報恩的。」媽媽總是不厭其煩地對著所有她認識的老師和家長說。

有的家長會很有禮貌的適時給予回覆，有的眼見成績無法比過人，就說著，「哎呦，要是我家孩子也那麼厲害就好了，就是被我和他爸給寵的，這樣驕縱。」不知為什麼，每當提到「爸爸」兩個字，媽媽總會露出一股失落的表情。每當小恩看見媽媽這樣，總會忍不住想起那天傍晚，她一如既往的從學校放學回來，看到外公和媽媽坐在客廳裡，第一直覺小恩就知道，那個男人，那個被稱為爸爸的男人來過。即使媽媽和外公什麼也不說，小恩也猜得出來今晚會有大事發生。這種不安的直覺從來都沒有錯過。

那天晚上，媽媽依舊哄著小恩睡覺，然後再三確認她已經睡著後，才獨自悄悄走出房間，自己一個人坐在客廳看電視。媽媽的所有舉動都和過去的幾天沒有兩樣，若真要說有什麼跟前些天不太一樣的地方，那大概就是換台的頻率變高了吧。媽媽就像是把電視當成背景音樂，毫無目的的切換頻道。現在她手中唯一能掌控的就只有這支舊舊的遙控器了。原以為夜晚又要這樣毫無新意的過去，就在這時，外公突然從房間走出，迅速搶走媽媽手上的遙控器。

「去睡覺。」

媽媽好像被外公這突然的舉動嚇到，但又迅速恢復以往的模樣。

「不要，你快去睡，我要看電視。」媽媽拿走外公手上的遙控器，好像又再度獲得一種掌控權。

「他不會回來的，妳等再久都一樣。」外公說這話時沒有絲毫的情緒。平淡的像是在說著別人的故事。

媽媽依舊動也不動地盯著電視，臉上的神情似乎多了一層憂鬱。

「妳聽到了沒有？那傢伙有什麼好，快去睡覺。」外公漸漸失去耐心，他已經不忍再看到女兒這樣被男人傷害。時間一分一秒的過去，多數人都感受不到時間的流逝，但是對於等待的人來說，時間是一把利刀，每過一分，就往心臟刺進一寸。

「跟妳說過多少遍，會回來早就回來了，還會讓妳等嗎？」外公的語氣雖然強烈，臉上卻瞞不住深深的心疼與擔憂。

對於時間流逝是痛徹心扉的感覺，每一分每一秒都刺在心裡，等待越久，傷口就越痛。唯有當等待漸漸失去了意義，時間也就再也傷不了她。「誰跟你說我在等他？我只是……睡不著覺而已。

我失眠又不是一天兩天。從媽走的那天就開始了。」

外公直搖頭就回房了。這個家的人都知道，外婆的驟然離世是他一生的最痛。

媽媽像是刻意提起，為的就是說中外公埋藏在內心的苦痛。兩父女這樣彼此傷害，互揭瘡疤，最終誰也沒有贏，只落得更失落的下場。

即使爭贏了又如何，內心的脆弱又有誰會心疼呢？

小恩不喜歡看到這樣的媽媽，所以從很小的時候就下定決心，再也不要等待。得不到的不去追，不喜歡的不強求。對現實從來都沒有耐心的她，心永遠都在浮躁著。她希望可以依靠自己的能力，彌補媽媽內心曾經丟失的自尊與希望。所以她總是比同年齡的人看得更深遠，想得更透徹。

小恩知道，她一定要是最優秀的，而且只能是最優秀的，這樣一來媽媽才會永遠把她當成驕傲。每天不間斷的自律生活和拘謹的處事態度，漸漸讓小恩形成一種壓力。對外，她不敢輕易顯露出自己的脆弱，對內，即使是最親密的家人、最要好的朋友，小恩也始終抱持著報喜不報憂的態度，不願表現出自己有任何負面情緒。她總是習慣將情緒藏在忙碌的工作背後，久了時間自然會將多餘的情緒帶過。但是日積月累的壓力卻會在夜晚時莫名襲來，讓人喘不過氣。

參加完研究所畢業典禮後的隔天，媽媽若無其事的走進房間，「小恩啊，畢業之後有什麼打算嗎？」

小恩看著書桌上的碩士畢業證書，心裡不知怎麼感到有點沈甸甸的。

「妳若喜歡這個專業，那就去讀博士吧，媽媽不是供不起，讀完博士不就可以當教授了嗎？」

媽媽一邊折著衣服，一邊不留痕跡地說著自己內心的期望。

「媽，我想緩一緩，讀這麼多年書，有點累了。」小恩語重心長的說。

「只是妳這文學院畢業的，不當老師，要做什麼？」

小恩低著頭一時答不上話。

「小恩啊，媽媽從來都不愛干涉妳去做喜歡做的事，重點是要快樂。可是，媽媽了解妳，當老師最適合妳了。」其實小恩不是沒有過猶豫。只是她總覺得可以再做一些自己真正喜歡的事。但她心裡很清楚，她想做的事並不符合媽媽心中對她的期望。

當編輯，聽起來似乎不是那麼高大上的職業。雖然就連小恩自己也不清楚，為什麼大家對職業有偏見，明明口口聲聲說行行出狀元，可是社會上不成文的職業鄙視鏈，還是穩穩地扎根在每個人的心中。

起初，媽媽也是有心想要阻止，但眼見小恩早已打定了主意，就不好再多說什麼。自顧自地買了一些日用品塞到了小恩的行李箱裡。

「媽，這些東西台北都有賣啦，不用特地帶去。」小恩一點一點的將行李箱的水杯、牙膏、牙刷拿出來。

「哎，誰不知道台北物價高，妳這麼省的人，到時候又隨便買一買了。這個，都是質量比較好的，妳用比較習慣。」媽媽邊說，邊將東西一個個放回去。

出門之前，媽媽特地囑咐小恩一定要照顧身體，常常回家。小恩刻意裝著一副稀鬆平常的樣子，開開心心地拿著行李箱，很瀟灑的走出家門。

努力不回頭，就是不想看到媽媽那副不捨的神情。

又不是再也不回來了，媽媽每次都愛渲染這種感傷的情緒。雖然心裡這樣想，但小恩的眼淚還是止不住的拚命往下掉。

家人就是這樣奇怪的生物，天天黏在一起就老想逃離，而當真正可以逃離的時候，卻又這麼依依不捨。

小恩就這樣搭著客運北上，一路上她靠著車窗，旁若無人地掉著眼淚。內心像是種解脫又有種說不出的空虛，除了哭好像也沒能表達什麼特別的感受。

在租屋處住下的第一天，很不意外的失眠了。

她突然感到很害怕，害怕自己這樣的選擇其實是錯的，更怕獨自留在家中的媽媽不知道能不能好好照顧自己。就這樣每天夜晚想著想著，加重了她失眠的症狀，但她鮮少與人提及，尤其是媽媽。這畢竟都是自己的問題，誰也解決不了，對付這種無解的問題久了，小恩也不再多想。睡不著就睡不著吧，世界上失眠的人多的去了，我不是一個人。每次失眠時，小恩總會這樣安慰自己。畢竟再怎麼睡不著，時間依然不會等你。隔天太陽依舊會升起，沒有什麼好抱怨的。

她打開《晚安信》寫下新的一封信。

**To: Night Boy**

今晚我可能又會失眠了吧。不知道為什麼最近的思緒特別混亂。每次交出去的稿老是會被退件，喔我好像沒有告訴你我現在的職業齁，我其實是個編輯啦，就是不太重要的那種編輯。

老實說，我很不喜歡我現在的生活，想要做些改變，可是卻又不知道該從何開始。

每天就這樣患得患失的過日子。

我很想找回過去的我，那個敢勇於追求夢想，不怕現實苦難的我。

但是現在，我覺得我離過去的那個自己越來越遙遠，每天醒來想到的第一件事就是怎麼樣能好好度過這一天，最大的快樂就在於中午可以吃上一頓像樣的便當。

一上班就等著下班，一放假就想整個人懶在床上不想動。

我的人生失去了好多的動力與希望。

過去喜愛的興趣早已被我擱置在一旁，夢想這兩個字看上去顯得特別高大上，但卻一點也不實際。

你覺得呢？

很多人常說我們人是靠著記憶在生活的，過去的經驗會帶領我們走向未來，但我卻覺得，我們人大多時候都是靠著遺忘過活的。因為有些事不忘，可能就無法真正的走下去了。

Ps.每當我失眠後最喜歡早上起來吃一口自製吐司配上花生醬夾蛋，大口咬下的感覺還真的很療癒呢，祕密推薦給你，下次可以試試喔。

ID：無法入睡的可憐蟲

小恩反覆看著這一堆莫名而來的心事。連自己都覺得很奇怪。

她常常在想，Night Boy和她這樣莫名其妙的人通信，不知道會不會是一種負擔呢。

即使每次都會這樣想，卻又總是忍不住想要在他面前坦白，想要掏空自己的心事跟他說明白。

或許是因為知道他會傾聽，也或許是因為小恩心裡很清楚，不論是「無法入睡的可憐蟲」還是「Night Boy」在現實生活中，根本就不曾真正存在過。

我們都在逃避，將自己捆綁在《晚安信》裡。

既然那個「我們」都不存在，又有什麼不能坦誠的呢。

小恩抬頭看著窗外皎潔的月，Perry Como的歌聲緩緩散落在房間各個角落。

她在心裡偷偷的想著：此時的你，也是看著同樣的月，聽著同一首歌嗎？

鋪滿整地的雪，大片的落地窗裡，站了兩個人。

「在看什麼呢？」女孩手裡拿著一杯牛奶，緩緩走向男孩。

男孩收起手機，接過牛奶，笑而不語。

# 第五封：誰是你的朋友

To：無法入睡的可憐蟲

有的時候忘記其實比記得還要困難吧。
追求夢想的時候，難免會感到迷惘，又害怕自己失去初心。
你知道為什麼現在的人都喜歡整日喊著「人生好難」、「我太難了」？
因為如果不這樣講，怕會是累的都說不出任何一句話了。
人生真的好難，但再不怎麼精彩的人生，都有值得活下去的理由。
而且，當你試著把「難」說出口時，或許就不會真的那麼「難」了。
就像每當我遇到妳，就會很不自覺對妳說一些平日裡不會對其他人說的話。
因為我知道妳是真的在聽，而不是像其他人那樣敷衍帶過。
現在，我變得不太常講「人生好難」這種話。
因為我覺得我是個幸運的人，不然也不可能會認識妳。
祝一夜好眠

## ID: Night Boy

「幸運？」「認識妳？」這兩個詞彙似乎有種魔力，讓彼此的相遇變得更有意義。

一早收到這樣的訊息，小恩突然覺得渾身都充滿著力量，過去無力的感覺頓時散去了。

但是這樣充電的感覺卻沒能撐得過現實的殘酷，夏姐的語音毫無預警地發了過來，「李沂恩，客戶那邊覺得你這次企劃做的不錯，但是採訪表現仍然有待加強，妳回去再練練，多去看人家都怎麼做的，還可以去問問孫靖。」

孫靖孫靖孫靖，這世界上好像只剩孫靖還活著。小恩真的不明白，自己到底要多努力才能追上孫靖的成就。至少不要在夏姐面前老是這麼抬不起頭來。

「嘿，在想什麼呢？」調皮的聲音從小恩後方傳來。

「你怎麼在這啊？」小恩詫異的看著一身休閒裝扮的彭皓。

「喔，沒有啊，就到處晃晃啊。妳呢？假日沒有宅在家喔？」

「說的我好像很常宅在家一樣。」小恩忍住翻白眼的衝動，落寞地盯著捷運駛進。

「誒，車來了，你要回家嗎？」

小恩低頭沒有回答，跟著人群走進了車廂中。

「李沂恩，幹嘛不理人啊？」

「我就是要回家啦，幹嘛？」

「沒有啊，一起走啊，反正順路。」彭皓還是那副小屁孩痞痞的樣子，總能一秒惹怒她。

假日的車廂內，到處充滿著人潮。每個人手上提著大小不一的袋子，「這麼多人，好像是周年慶誒。」彭皓低聲對著小恩說。

小恩冷冷的看向那一堆堆滿載的戰利品，最討厭這種熱鬧的日子，錢多得沒地方花，荒謬的世界。下了車，小恩頭也不回的往著回家的路走去，一句話也沒有跟彭皓說。

其實她自己也不知道，今天為什麼心情特別不好。

冷眼旁觀了周遭這份不屬於她的熱鬧。走著走著，小恩下意識地轉身，卻不見彭皓身影。

不自覺竟然感到有些失落，但小恩沒有表現出來，繼續自顧自地往前走。小恩原本以為，她早已習慣一個人了。但是卻在突然間，無聊孤寂的生活裡，多了個人不停在身邊吵鬧。從起初的抗拒，到後來漸漸地竟也就習慣了。或許就是因為這樣，小恩才覺得莫名悲傷，要習慣兩個人很容易，但是要從兩個人變回一個人的時候，一切都變得好困難。

她不喜歡依賴，也不喜歡習慣。

回家後，拿起手機，沒有任何訊息，好安靜的假日，似乎值得歡慶。

可是為什麼偏偏是今天？小恩不知道為什麼感覺有點空虛，似乎這偌大的世界裡，只有她被排除在外。艷陽從窗簾縫隙中透了進來，最討厭在心情很差的時候碰上好天氣。

叮咚。

門鈴響起，小恩想著，這時間有誰會來呢？她躡手躡腳的對著貓眼觀看，門口竟然站了一大群公司裡的熟面孔。

才一開門，漢娜首當其衝，「妳在睡覺喔？這麼久才來應門。」漢娜就像回到自己家一樣，毫不顧慮走進小恩的家。

小恩定睛一看，除了漢娜、彭皓、黑哥、就連廣告部的小羅也都來了。

「不好意思，打擾了。」黑哥一臉笑瞇瞇的提著一大袋飲料。

「誒，你們這是怎樣？」

將將，空氣裡發出了響砲的聲音，迴盪在小恩空蕩蕩的房子裡。

「妳這個笨蛋，該不會連自己生日都忘了吧？」漢娜伸手摸了摸小恩的頭。

小恩看著彭皓小心翼翼地抬起生日蛋糕，朝著她走進。

「你們怎麼知道啊？」

「我就說她一定忘記了吧，這個金魚腦末期患者！」彭皓一臉得意的樣子，似乎一切都在他的預料之內。

大家似乎都在期待小恩的反應，但小恩卻是傻傻的站在原地，一動也不動。

「妳在想什麼啊？快來許願吹蠟燭啊。」黑哥用力推了她。

「喔。」小恩像是這才回過神來，剛剛那幾秒，她是想起過去家人幫她慶生的模樣，想著想著，她才突然想起，媽媽前些天和她的對話。

自從那天後，媽媽就再也沒有傳任何訊息過來。就連今天，小恩的生日，她也依舊一點消息也沒有。小恩傻傻地對著空氣許願，反正每年許的都差不多，也不管究竟會不會實現。

「大忙人，竟然連自己生日都會忘記喔？」

「對啊，是被夏姐折磨的連腦子都被鎖住囉？」黑哥一臉賊嘻嘻地笑著。

「對了，說到夏姐，過幾天還要幫她過生日誒。」

「誒，你幹嘛哪壺不開提哪壺啊。現在是小恩生日，那麼開心的時候，不要提那個老巫婆啦！」聽著漢娜跟黑哥一來一往的鬥嘴，第一次讓房子裡充滿了笑聲。

一陣胡亂慶生會完畢之後，漢娜在回家前悄悄拉著小恩走到一邊和她說：「這次慶生會是彭皓提出的，原本是想要約妳在外面的餐廳，但彭皓說妳不喜歡太吵鬧的地方，所以乾脆選擇來妳家給妳個驚喜，怎麼樣，我們是不是很用心啊？」

來我家？小恩這才想到，她和彭皓是鄰居的事情該不會被發現了吧？

小恩緩緩地看向彭皓，只見他挑著眉，沒有多說一句就跟著黑哥和小羅走出房子。

他那充滿故事的神情，總是讓小恩難以看清。或許就是這樣，她才會對彭皓感到既陌生又有種熟悉的矛盾感覺。

「好啦，那我們就先走囉！妳早點休息吧，黑眼圈都要掉下來了。」漢娜故作誇張的比劃著。

狂歡過後，屋子裡似乎瀰漫著比過往更加孤寂的氣息。小恩最討厭收拾這種熱鬧後的寂靜。若是知道自己會這樣失落，那麼不如一開始就不要經歷過那些歡笑與快樂。從未擁有過和擁有過卻又失去，到底哪個會比較痛？

這個問題，她也很想問問媽媽。

霎時，她彷彿又回到了小時候那個總是黑壓壓的房子，若不認真呼吸，好像待在那裡是真的會窒息。

「我們小恩齁，自己就很優秀啦，不像你們家的人大學唸倒了一所又一所，還沒有畢業的。等著看好了，我們家小恩未來成就非凡我跟你講。」

把所有難聽的話都自己說了，是不是代表贏了？為什麼小恩依稀記得媽媽的眼裡出現輸家的眼神。眼眶中帶著淚，是委屈的眼淚，還是惱羞的痛。每當小恩看著媽媽這副神情，內心總是不捨，因為這樣的媽媽在她眼中就像是個輸家一樣。可是現如今，當小恩每次回望這段過往，她才意識到，那是一個女人最後的尊嚴。或許小恩和媽媽都習慣了用眼淚擦拭傷口，哭夠了，或許就會變成一種堅強。

小恩拿起手機打給了媽媽，電話那頭沒有答覆，她默默放下手機，這才發現原來現在已經是凌晨一點半了。媽媽早就睡了。

但沒過多久，電話那頭是媽媽的聲音，「喂？小恩啊。」

不知道為什麼此刻聽到媽媽的聲音竟讓小恩感到有些難以招架，只是喊著自己的名字，就彷彿得到了全世界的安慰。

「誒，媽，妳睡了喔？」小恩刻意壓低聲音，不讓媽媽聽見自己在哭泣。

「啊，沒有啦，就想說幾天前有跟妳通過電話啦，妳最近不是很忙，我想說……」

「少來了啦，妳明明就在跟我賭氣。」母女倆的性格還真是一個模子刻出來。

電話那頭陷入很深遠的沉默。

小恩繼續說，「下禮拜六，我回去看妳，妳不要跑出去跟朋友玩了喔。」像是在交代孩子要乖乖寫作業一樣，嚴肅又認真。

電話那頭還是沒有回應，小恩覺得有些不安，「媽，妳有沒有在聽啊，我說我下禮拜六回去。」

突然像是從很遠的地方傳來的聲音，悠悠的拉長著，「小恩啊——等妳回來我煮妳最愛吃的宮保雞丁、麻婆豆腐，還有燉牛肉，讓妳好好補。」

僅僅只是一句家常話，小恩還是忍不住淚水，嗚咽地說，「嗯，哪需要吃那麼多。」

「要要要，等妳回來齁。」媽媽的尾音還是隱藏不了哭泣的聲音。

她們就這樣隔著一支手機，相互為著對方哭泣。

小恩緊握著手機，拚命的點著頭。上週還因為不讓媽媽北上來看望她而鬧得彼此不愉快。這都冷戰了一週了，小恩還是感到很愧疚，但卻又倔強的拉不下臉。

「媽，我一定會很努力的，不讓妳失望，成為妳的驕傲。」

「嗯，媽媽知道，妳已經是我的驕傲了。」

這一晚，小恩哭了好久好久，北上打拼這些年來，她曾想過無數次放棄這種生活，回到有家人在的故鄉。但是自尊不允許她還未努力就放棄，於是她總是咬牙苦撐著，因為是自己的選擇，怨不得別人。好不容易讓堆積許久的情緒得到釋放，小恩恍惚地站了起來，從冰箱裡拿了兩瓶還未打開的水果啤酒。她用力的扯開拉環，聽著空氣裡出現清脆的聲響，大口大口地暢飲。

「生日快樂，親愛的，妳快樂嗎？」

好大的問號飄散在空中，她此時多希望有人可以代替她回答。

我快樂嗎？

會有答案嗎？

夜深了，微醺的感覺讓小恩總算卸下了平日裡的重擔。

一早，鬧鐘盡職的響起。週日的早晨總讓人感到眷戀。不如週六的神采奕奕，週日有一種懶散的節奏。

小恩從容的坐起身，完全想不起昨天自己到底是怎麼睡著的，好像是一股很累的感覺，又好像是一種解脫的感覺。

總之，每過一次生日，都算是一種重生吧。

下意識的拿起手機，果然昨天陸續有收到不少人的生日祝福。還有，《晚安信》。

小恩這才想起來，昨天似乎有收到來信，但她卻沒能來得及回覆。

信件過了回覆時間就會通通消失，這個規則她可從來都沒有忘過。但是昨天，不勝酒力的她就這樣全然忘了。

Night Boy，會不會生氣？會不會從此就不再理我？才一個瞬間，千萬種思緒湧現，小恩根本就沒辦法好好思考，她覺得自己愚蠢至極，怎麼會忘記回覆這件事呢？

可是最讓她著急的是，到底要怎麼才能恢復和Night Boy通信？怎麼才能重新聯繫上他呢？

緊握著手機突然發出震動，是彭皓的訊息，不知道為什麼，他總能在小恩感到最不知所措的時候突然出現。

（一張兔子從洞裡爬出來的貼圖）

**彭皓：嘿**

**早啊**

**妳該不會還在宿醉吧？**

小恩苦笑著，感覺此刻好像玩笑話才能幫她趕走心中的焦慮。

**彭皓：我要去超市買東西，你有要買什麼我順便吧！**

快速的已讀，卻遲遲沒有回覆。原來小恩早已放下手機，準備出門要帶的物品。

叮咚——門鈴響徹整間房子，小恩最討厭早晨的寂靜中有一絲吵鬧。急急忙忙紮好頭髮後大力打開門，彭皓正經八百的站在門口，藏紅色的帽T襯著他白皙的臉龐。

小恩沒好氣的問：「怎麼啦？」

「我剛好有東西要買，一起去吧？」說完便不請自入的坐到沙發上東瞧瞧西看看。

待小恩收拾好包包後，兩人才一起走出家門，像極了同居的男女朋友。

「妳吃過早餐了沒啊？」彭皓漫不經心的問。

「沒有啊，剛起床，就收到某位先生的訊息了。」小恩話中有話的看著他。

「喔。」彭皓低著頭，裝作認真的滑起手機。

「那，車來了，白色裕隆那台。」

其實小恩是想去附近的超市簡單買點今天要吃的東西，誰知彭皓自己先叫了輛Uber，只好去離家有些距離的家樂福採買了。

逛賣場的途中，小恩腦中不斷出現當年與家人在一起的回憶。

尤其是當彭皓大搖大擺推著推車出現在她的面前說，「妳不覺得，只有跟家人才會一起來逛大賣場嗎？」

現代人不懂逛賣場的樂趣不在採買，是陪伴。

這句話，是小恩獨自一人生活後才漸漸悟出的道理。

和彭皓一起出現在家樂福內，這畫面確實不太和諧。但小恩當下卻沒能想太多，繼續沈浸在自己與家人的過往裡。

「妳怎麼啦？好像很不舒服的樣子。」彭皓一手提著兩個大的塑膠袋，另一隻手拿著手機叫車。

「喔，沒有啊。」小恩像是剛剛回過神一樣。

到了家後，小恩也兀自的走進屋子內，頭也不回的塞進屬於她的世界。

「誒，等一下啦，我有東西放在妳那袋。」

小恩這才低頭看著自己手裡拿著的環保袋，怪不得這麼重。

彭皓跟著小恩走進她的屋內，仔細翻找了環保袋裡的東西，「啊，找到了啦，花生醬在這。」

接著他拿起花生醬像是在邀功似的走向小恩，「這家的花生醬超厲害的，妳早上吃吐司的時候可以塗來吃。」

「我，好像從來都沒有跟你說過，我喜歡吃吐司加花生醬啊？」小恩感到有些困惑的看著彭皓。彭皓霎時不知道該說什麼，自顧自地走回餐桌假裝整理。

「彭皓啊，其實我有很多問題想問你的。」小恩在彭皓身後發出微弱的聲音，彭皓沒有轉過身回答，只是將手裡拿著的東西放下，似乎在等待這句話背後的問題。

「為什麼，要對我那麼好呢？」其實答案小恩並不是沒有想過，只是想知道眼前這個男孩會怎麼作答。

彭皓旋即轉過身來，一步兩步的靠近小恩說，**「當妳感受到別人的好，這樣不是就好了嗎？幹嘛非要知道原因呢？」**

此刻，兩人的眼神頓時陷入了非言語的交流。

一個問題堆疊著另一個問題，小恩心裡明白，這個問題是不會有解答的。

同樣無解的，還有已經消失的Night Boy。

小恩決定晚上再次寄出一封信，直接在收件人上寫下ＩＤ，說不定就會像之前一樣，命運把他們再次連上線。

**To: Night Boy**

不好意思，前幾天因為朋友幫我過生日，我那時喝醉了，回房立馬睡著，所以就忘記回信給你了，抱歉啊。

我還在努力尋找重新和你連上線的方法，如果你也有同樣困擾，那麼我們一起把它解決吧。

但如果你不想繼續和我通信也可以的，還是很感謝你這段期間的陪伴。

其實我今天寫信是想跟你分享我最近的心情，看來我還是很依賴有你的傾聽吧！

昨晚我有和媽媽通電話，這是自從上週和她吵架以來第一次說話。

你肯定會問，為什麼會吵架對吧？

其實就是件很無聊的小事，她說想要來台北看我，順便幫我慶生。可是我也不知道為什麼很害怕她來，怕她看到我現在生活的狀態，怕她知道我的工作樣貌，怕她會對原本引以為傲的我感到失望，可能是潛意識的自己感覺到對自己很不滿意吧。

最近這陣子，我覺得我越來越不懂自己，說不上這算是什麼樣的心情，就是明明想要開心，或是明明應該要感到開心的時候，我卻會選擇壓抑自己，或是先想著自己應該要有什麼樣的反應。自己的感覺總是習慣放在最後，然後讓它隨之消逝。

總之，昨晚我與媽媽通完電話後我才發現，其實有的時候把話說開就是解決問題最好的方式。

過了生日，好像應該要重新踏入不一樣的日子，期許自己能快點改掉這種壓抑的習慣吧。

說了那麼多，感覺還是有點像是胡言亂語，真希望你能收到就好。

**ID：無法入睡的可憐蟲**

男孩推著眼鏡，看著手機上剛收到的訊息。

時鐘恰巧停在22：00，今晚沒有月亮，卻看見許多閃閃的小星星。

人生第一次愛上看月亮，那感覺像是在思念一個人。

夜晚總算變得不寂寞，但身邊卻總不是思念的那個人。
聽起來有種悲傷的浪漫。
「你在想什麼呢？」有個女孩從房間走了出來。
男孩坐到書桌前，沒有答覆。
「我總覺得，最近的你，有點陌生。」女孩不安的試探著。
「沒什麼，妳想太多了，就是有些累了。」
「現在才剛十點，你這麼早就想睡了？老人啊？」
魏尤里沒理會她那幼稚的嘲笑，現在的他盡可能避開與女孩單獨相處的時候。
今天終於收到失聯已久的來信，讓他不自覺得揚起了嘴角。

**To：無法入睡的可憐蟲**

終於，收到妳的來信了。
沒有與妳通信的這幾天，我反覆想著我上一封信件的內容，還以為是因為我說錯了什麼話讓妳不想再與我通信，現在總算是真相大白了。我也可以放下心中的大石。
妳在信中說的心情，其實我很有感觸。那可能都是因為我們太過在乎他人的感受。做自己明明就應該是一件很驕傲的事，可是心中卻總是會顧及這個又擔心那個。
不過，我們還是要對自己有多一點自信，不是嗎？
其實很多時候，希望都是自己要給自己的，畢竟生活不會教給你希望。

這幾個月和妳通信下來，我發現妳是個很懂得替人著想的女孩。懂得替人著想，有時是對也是一種錯。

對的時候會被別人當成是體貼，錯的時候就是用來折磨自己。所以我才會常常覺得，了解就是妥協的開始。

希望妳不管怎樣，都能找到讓自己變得快樂的方法。

我也會和妳一起努力，無論如何我們都要成為一個幸福的人。

**ID: Night Boy**

10：00 p.m沒有收到一則訊息。

11：30 p.m《晚安信》有一封未讀來信。

小恩瞬間從床上站了起來，點開信果然是他。

真好。小恩緊握著手機，不停的來回踱步。Night Boy就像是自己生命裡的救星，在最絕望的時候，總是能拉住她，讓她堅持下去。小恩在看完信後才終於意識到，不管是Night Boy也好，還是《晚安信》，對她來說都已經與起初剛接觸時的感受有所不同。

他就像是小恩的朋友，也是知己，是生活中不可或缺的存在。

她反覆琢磨著信裡的那段話，「讓自己變得快樂的方法。」？

只要每天都能睡好覺、吃好飯，應該就足以讓人覺得快樂了吧。

隔天早上，小恩才剛踏進公司就被漢娜拉到一旁說悄悄話。

「小恩，我跟妳說一個天大的消息，我從侯哥那裡聽來的，雖然等等會議上妳應該就會知道了，但我還是覺得應該……」

「漢娜，說重點。」小恩很瞭解漢娜只要一碰到重要消息就容易變成話裡沒重點。

「喔，就是孫靖一早就被指派去處理與新加坡新媒體平台合作案……」漢娜話還沒說完，小恩頓時腦海一片空白。

新加坡新媒體合作案，這是小恩日夜推進的項目，怎麼變成孫靖去處理了？

「夏姐的意思是，讓妳去當孫靖的助手。」

漢娜後續說了什麼，小恩基本一個字也聽不進去。腦子嗡嗡地作響，直到孫靖喊了一聲開會，才讓小恩意識到自己需要趕緊認清現實。

夏姐穿著一席深紫色連身裙，嘴上的大紅色口紅顯得相當突兀。

「今天主要是要跟大家宣布個好消息，我們決定要與新加坡新媒體公司來場合作，具體細節會叫孫靖等等發布給你們，總之，總策劃人就是由孫靖擔任，然後小恩輔佐，大家沒有意見吧？」

小恩緊握著手，露出一臉苦澀的笑。餘光看到夏姐一臉滿意的神情，真讓人作噁。

「小恩。」突然被夏姐點名，讓小恩還來不及切換到正確的表情，但夏姐顯然並沒有注意到。

「妳和孫靖等等來我辦公室一下，我有一些事情要交代給你們。」

開完會後，小恩和孫靖一前一後走進夏姐辦公室，巨大的山水意象圖張揚的映入眼簾。

又換了一幅畫了？這次該不會又像上次那樣，要我們大夥猜猜這幅畫的價錢了吧？

出乎意料的，夏姐這次談話的主題和新換的畫沒有關係。

「這次這個新加坡的案子我覺得你們就是最佳人選啊，對我來說，你們就像我的左右臂一樣，是我的超級祕密武器，派你們去絕對沒有問題。」

孫靖謙虛地笑了，沒有多做回應。

小恩一時也不知道該哭還是該笑，腦海裡閃過各種「我做不到」、「我不想」、「這案子明明是我爭取來的，為什麼我是副手？」

就在短短幾秒內，她甚至想過要不要提離職，要不要把早就寫好的離職信拿出來？

但最後，她只是複製了孫靖的笑，沒有說出半句話。走出夏姐辦公室，小恩很想去問問孫靖對這件案子的看法。不過孫靖依舊是面露那副不可一世的神情，與先前在熱炒店與小恩坦露心事的那個她簡直判若兩人，讓小恩不自覺地以為那天晚上不過是一場夢。

「妳回去準備一下明天會報的PPT，然後晚上23：00以前傳給我，明天我們8：00左右高鐵站見。」她說話就像打字機那樣，咚咚咚咚，一個字一個字的浮現，沒有任何靈魂與溫度。

天啊，我難道要和這個機器人出差好多天嗎？內心的不安與恐懼頓時打消了小恩的勇氣，她上前叫住孫靖，「妳，真的想要負責新加坡這個案子嗎？」

「不然，我們還有別的選擇嗎？」她像是事先就知道這個問題一樣，早就準備好答案。錯愕的只剩下小恩一個人。

過了一天荒唐的鬧劇，小恩回到家，簡直懶得再去處理累積一天的情緒。像個自動ＡＩ一樣，打開行李箱，將出差要帶的衣服和用品通通整理好塞進去，手法俐落又快速，和過去出差沒什麼兩樣，只是心情，更加沈重罷了。

7：48小恩提早出現在高鐵站，卻發現孫靖早就已經坐在候車區滑手機。

「早啊！」

孫靖撥下一邊耳機，「早啊。」有這麼一秒鐘，小恩似乎看到那天在熱炒店的她。

突然餘光看到孫靖正在聽的Podcast是她晚上最愛收聽的「黑鳥先生」。

「妳也喜歡聽這個Podcast啊？」

孫靖低頭看了一下黑鳥先生顯目的LOGO，點點頭說，「嗯，蠻有趣的，總覺得很療癒。」

「對啊，我特別喜歡在晚上聽，感覺就像有人陪在身邊一樣，他的聲音聽起來很溫暖很舒服，就像是認識很久的朋友一樣。」

「嗯，我是喜歡在出差的時候聽，可以沈澱一下心情。」

「喔，對誒，他的聲音真的可以讓人很放鬆。」

小恩好不容易在公事之外，找到其他和孫靖有的共同話題，但對話卻又不自覺走到了休止符。聊完「你來的真早啊！」、「早餐吃過了嗎？」就不知道後續還能繼續說什麼。再這樣沉默下去，小恩最後一定會忍不住說「今天天氣真好啊。」這種毫無意義的蠢話。

好在，高鐵的進站廣播來的很是時候，誰也不用繼續這勉強的對談。

整趟一個半小時的車程，孫靖除了剛上車的時候喝了點咖啡，回覆一些訊息外，就是戴著耳機睡覺。看起來像是要去渡假的樣子。

相比之下，小恩的全副武裝顯得有些狼狽，厚重的筆電，數十份簡報資料、雜亂不堪的簡報稿。

小恩自己在心裡打氣，別擔心，妳已經準備了好幾個禮拜了，這個案子一直都是妳在洽談的，沒有人會比妳更清楚，一定要讓在場的人都對妳刮目相看。

走進偌大的辦公大樓，整齊劃一的擺設，讓小恩下意識感到相當不安。她不敢想像自己待會就要在這間嚴肅莊重的地方做簡報。她拿起包包裡的小抄，反覆斟酌有哪些字句是可以添加或刪減的。只見一旁的孫靖正與別家公司的主管相談甚歡。

為什麼她好像總是可以很從容地面對各種場合?真不愧是夏姐一手栽培起來的愛將。

「小恩，等等妳簡報完後，再幫我開啟這個檔案，然後問答環節交給我。妳記得寫會議記錄。」

一句話裡，完整指派了三個任務。

在休息室裡，小恩時不時的搓著手來回踱步，和拿著咖啡看雜誌的孫靖形成強烈的對比。

「妳，好像都不會緊張齁？」小恩諾諾的在旁邊找孫靖搭話。

「喔，我也很緊張啊，反正都來了繼續緊張也沒有什麼用。就正常發揮就好了！」

正常發揮?學霸的正常發揮就是考滿分，如果是學渣的話，正常發揮的後果就是可怕了。

下午場次終於輪到小恩的公司上台簡報，小恩雖然中規中矩的把所有該說的項目都有表達出來，但在最後問答環節，還是得靠孫靖在一旁協助才算是過關。

下了台後，小恩感到莫名失落，自己明明已經準備了那麼久，卻還是沒能達到理想的表現。孫靖從一旁搭著小恩的肩，笑著邀她一起參加今天晚上的聚會。但是小恩以身體不適為由，自己躲回了飯店。

明亮寬敞的標準雙人房，浴室有著一張閃耀的鏡子，她站到鏡子前，浮現了一張忌妒的臉。

**To: Night Boy**

嗨，今天有些不一樣，我出差去了。在飯店給你寫的信，很特別吧？

今天，是我第一次擔任主簡報者，明明在家已經反覆練習了好幾次，但上台後卻還是表現得不盡理想。看著同事表現得都比我還優異，我覺得內心有種說不出的不適感。

希望你看到之後不要覺得我是個心胸狹隘的女人。其實我原來不是這個樣子的，可是不知道為什麼，每次一看到我那個很有能力的同事，我總會覺得自尊心受到很大的打擊。直到今天我才發現，原來不是每個人都可以和自己成為朋友。即使那個人對自己並不差，就是無法變成真正的朋友。

不知道你能不能了解我的感覺，反正今天就是個很混亂的一天。

祝你今晚好眠。

**ID：無法入睡的可憐蟲**

夜晚，小恩瞪著大大的眼睛看著空白的天花板。冷氣孔發出呼呼的聲音，但她不是因為這樣所以睡不著。是因為……。

一早，小恩便匆匆來到一樓用餐，這家飯店的自助餐廳說是全台著名的，但小恩卻不怎麼有興趣，隨手點開《晚安信》，不出所料，他果然回信了。

**To：無法入睡的可憐蟲：**

昨晚，睡得好嗎？

其實，我試著以妳的角度去思考妳說的那些問題。

我覺得，是不是朋友，有的時候和妳做了什麼與不做什麼無關，更多時候是和妳的心有關。只要妳的心願意接受，那個人無論做什麼都可以和妳當朋友。

一但妳打從心底開始就沒準備和他變成朋友，那無論妳怎麼努力，妳們依然無法成為朋友。

其實不只友情是這樣，很多其他的情感關係也是。

還好，妳現在碰到的只是工作的一部分，也是妳人生的一段小小插曲，不要太在意。沒有人有資格因為這件事評斷妳。

人的一生當中，已經要被成千上萬種規定否定，就別再因為不確定的推測而批判自己了，好嗎？

我相信妳，所以妳更要相信自己知道嗎？

## ID: Night Boy

小恩木然地看著回覆信件許久，那時候的她還無法明白，世上其實還有一種人，注定無法與自己成為朋友。就當小恩正沈浸在《晚安信》時，孫靖悄悄地坐到她的身旁。

「早啊，小恩。」

小恩猛然抬頭，是孫靖，白皙透亮的臉龐洋溢著笑容。對比之下，小恩全然的素顏像極了大明星旁的小跟班。這麼早，怎麼就能弄好完妝？小恩忍不住在內心嘀咕著。

「昨晚睡得好嗎？」

小恩其實最討厭人家問她這句話，因為她沒有一次可以說真話。

「嗯，不錯啊。」這個幾乎是條件反射下的回答，小恩沒有半點遲疑。

「這家的餐點好像很有名，我特地挑的，妳要多吃一點喔。」孫靖的笑容也像是種條件反射，似乎碰到任何人她都可以隨時揚起這種45度角的微笑。

昨天完成了一次會報之後，今天似乎沒有什麼特別的行程安排。難怪孫靖的樣子看起來特別放鬆。像她這樣的工作狂，還真是很難得有讓自己放鬆的時刻。

「小恩啊，妳今天打算搭幾點的車回台北？」吃過早餐後，兩人在飯店外的花園稍微晃晃，小恩突然發覺這好像是她和孫靖自上次熱炒店聊天後，近期最放鬆的談話了。

「喔，晚點吧，我打算趁機會回家一趟。很久沒回去看我媽了。」

「回家？我記得妳好像是住桃園對吧？」

「對啊，就其實離台北也沒多遠。但每次到假日總會找理由不回家。」

「好像都會這樣吧。感覺回到家之後，就會不想要再出來奮鬥了。」

小恩心一驚，這樣的內心話還真的不像是會從孫靖口中說出。

「好像是吧。人總是會找舒適圈的。但我原以為自己是逃離舒適圈，殊不知，在台北我又自己建構了另一個舒適圈。其實蠻弔詭的。」小恩乾笑著，繼續著這樣的話題。

「我們都很需要這樣的舒適圈吧。不然在外拼搏太久，真的很累。」說這些話的時候，孫靖並沒有看著小恩，而是注視著遠方某個高聳的建築物。

「妳也會失眠嗎？」小恩若有所思的看著孫靖。

孫靖轉過頭疑惑的看著小恩，小恩才接著說，「沒有啦，妳不是也有在聽黑鳥先生的Podcast嗎？我想說會聽他節目的人，好像都是有失眠困擾的……」

「嗯，對啊，我常常失眠，早就忘記什麼時候好好睡過一覺了。」

聽到孫靖這樣的坦然，小恩突然不知道該說些什麼。

過了好幾秒，小恩才默默地說著，「原來是這樣啊……」

她靜靜的看著孫靖的側臉，心想著，過去一直想著該怎麼去贏過眼前這個人，可是卻從來也不曾想，她其實也是個認真打拼的同路人。

是世界教會了我們競爭，但除了競爭，明明就還有別種生存方式啊。

坐高鐵回桃園的路上，小恩反覆想起了和孫靖這些日子以來的對話。仔細想來，是因為自己的自卑感所以對孫靖產生了那些不知所以的敵意。待在公司的這幾年裡，小恩一直都希望自己能被夏姐看見，希望自己的能力能被給予肯定。但是往往事與願違，原來這不是因為自己不夠好，而是因為自己始終都想贏。她被這種想贏的心捆綁了自己。

從高鐵站下車後，小恩緩步走向公車站牌，越來越靠近家的感覺，讓她感到既興奮又忐忑。興奮的是，好久沒有看到媽媽。但忐忑的是，感覺現在自己的狀態並不好，怕被媽媽發現。踏著忽快忽慢的步伐，走到了家門口。媽媽早早坐在一樓等待，小恩剛踏進門，媽媽立刻衝上去給了一個大大的擁抱。這是她們母女特有表達愛意的方式，什麼話也不用說，一個擁抱就夠。接著擦掉眼角的淚，繼續閒話家常。

「快來吃飯吧，妳看看，我有準備妳愛吃的宮保雞丁和麻婆豆腐，哎呀，還有燉牛肉還在電鍋裡，妳先吃我去端來。」

「媽，不要那麼誇張，這已經很豐盛了，我都要胖了。」

「胖好啊，吃胖一點，不要太辛苦了。」

「不辛苦，我還年輕呢。」

好像每一次回到家，自己武裝許久的盔甲終於可以卸下。但小恩其實也很害怕這種鬆懈，會讓自己提不起勁再回到職場中戰鬥。

夜晚，小恩悄悄闖進媽媽的房間裡，躺在被窩賴著不走。

媽媽一回房，看到小恩這副模樣，笑了笑說，「妳啊，都多大了，還像小孩子一樣。」

「沒多大啊，我就是孩子嘛。」就像在撒嬌一樣，露出天真的表情。

回台北之前，媽媽再三叮嚀著小恩，「有空，多回來陪媽媽聊聊天，我一個人生活很無聊的。」

小恩背對著媽媽，偷偷流下淚。頭也不回的上了公車。

其實小恩不是不喜歡回家，她只是討厭別離。不管是生離還是死別，都會讓人的心沈甸甸的，提不起勁。更何況，她覺得自己還沒有成功，沒有到衣錦還鄉的程度，回家像是種逃避。

回到台北租屋處，窗外吹進陣陣寒風，小恩啞然，這裡果然不如自己的家溫暖。看著手機上面寫著22：19的數字，一時不知道自己到底要幹嘛。隨手抓了一件風衣，走到樓下的小七。她看著冰櫃裡各種口味的啤酒都有，這個時候還真想找個酒友陪她熬過可怕的夜晚。正翻找口袋找手機時，突然意識到自己不想要再看到手機上的任何消息。

但這一時半刻的能找誰呢？

叮咚──

「來了！」彭皓的聲音從屋裡傳來。

「將將！有空嗎？」小恩把一袋的啤酒高舉在頭上，好像在邀功一樣。

「妳幹嘛？有事慶祝？」他一臉疑惑的半開著門。

「不行喔？想找你聊聊啊。」小恩不請自來的走進他的屋內。

明明都是同一棟樓房中的一間小套房，但彭皓的家裡卻呈現著與小恩截然不同的風格。井然有序的設計，灰冷色調的主廳中間放著一個白色球形座椅，大理石紋路的吧台上擺著好幾個星際大戰系列的馬克杯。

真是像級某個科技辦公室。

「哇，你搞科學的啊？家裡那麼講究？」小恩像是劉姥姥逛大觀園一樣，看見什麼都覺得新奇。

「還好吧，差強人意。」

「真是貪心誒，這已經很高級了吧，你沒仔細看看我家啊？那簡直沒得比。」

「等妳哪天正式邀請我，我就去啊。」

「天啊，這些公仔都要好幾千吧？你還那麼多隻？」打從走進他家開始，小恩的注意力就不停的被周遭環境給吸引。

「這以前買的，也有很多都是朋友送的，現在不買了。」他急忙跑到小恩面前，擋住在他後方一整排的漫威公仔展示櫃。

「這也沒什麼不好意思的啊，男生集公仔，就跟女生買娃娃一樣，都是青春的象徵嘛。」

「怕妳覺得幼稚，我發誓，現在真的沒有再買了。」他認真地連眉毛都緊皺在一起。

「幼稚點沒什麼啊，這樣活著才比較容易感到快樂。」

「哇，妳買了好多酒喔，各種口味的都有誒。」他被突如其來的感嘆嚇到，趕緊轉移話題。

「喔，對啊，就是想要找人陪我喝啊。」小恩搶走他手上那瓶橙色包裝的水果酒，柚子口味的，主打年輕女性市場。

「妳，最近還是睡不好嗎？」他順手幫小恩把手中的酒打開後再遞過去。

小恩拿著酒先是自己飲了一口，彭皓不好意思只是看著她喝，自己也默默拿了個葡萄口味的喝了起來。

「你小時候有沒有很懼怕的科目？那種每當要上那堂課之前都會胃痛？」

「額……有吧，我記得國小的時候，我最討厭的就是國文課。尤其是老師總愛逼迫我們寫作文，每次上課我都很痛苦誒，然後我還很努力去補習啊，但成績就是上不去，然後我就更努力的讓自己去愛上國文，什麼方法都試過了，可是還是沒有什麼效果。偏偏那時每天都有國文課，真的很無奈。」彭皓每次講到入神的時候，臉頰都會不自覺泛紅。

「那你那時是不是對自己特別失望啊？尤其是當大家都考得比你好的時候。」

「對啊，那對我來說簡直就是場災難，越努力越糟糕的災難。我還被我媽罵哭好幾次。」彭皓露出像是大男孩般的傻笑。

「對我來說，夜晚睡覺就是那個讓我懼怕的科目，大家都做得到的事，我卻覺得無比困難。」

彭皓突然很認真的看著小恩，眼神有些迷離。

「哎呦，其實我早就習慣了啊，這也沒什麼。」小恩即刻甩開頭，想要迅速脫離這種尷尬。

「這真的沒什麼的，世界上失眠的人多著呢，妳絕不是一個人。」他沈穩地說出這句話。

還真是讓人想不到，彭皓也有這一面。也是，他總是讓人覺得很自在，沒有束縛也沒有壓力。

「那你也會失眠嗎？」小恩轉而將問題丟給他。

「以前不會，但最近漸漸開始比較難入睡。」

「為什麼啊？」

他笑而不答，反問小恩，「那妳為什麼會失眠？」

「以前失眠是因為童年有段不美好的記憶讓我無法入眠，現在失眠則是因為害怕閉上眼之後，一切都會變成夢，最後又消失不見。」酒精好像都有讓人放鬆的效果，不知不覺說了很多真心話。

「害怕消失？」

小恩用力的點點頭，「害怕某些人某些事會隨著記憶消失。」

他沒有再繼續問下去，反而陷入某種沈思。

對話呈現大量的空白。

小恩突然明白為什麼會那麼喜歡跟那個男人通信，是因為他們之間都有一種你不言我不語的默契。聊到一個關鍵點，就會自動喊停。然後很有默契的誰也不繼續提問下去。

「我好像打擾你很久了，」小恩指著他餐桌上的電腦，螢幕停在某個程式碼的頁面。

「其實我有的時候真的很害怕夜晚，總覺得自己還有很多事情沒有做，一天就這麼過去了。每天都很努力的在跟時間賽跑，從來都不知道停下腳步好好休息。」

小恩笑著看著現在已能言善道的他，儼然已經不是剛出社會的小毛頭，越發有成熟的感覺。

「自從認識妳之後，在妳身上學到了很多。」彭皓注視著小恩，若有所思的說著。

「我？怎麼說？」

「我們倆其實很像，常常會為了得到一時的平靜，而選擇一輩子的將就。」

我們倆很像？

這句話，小恩似乎也曾跟「Night Boy」說過。

人類總是習慣將喜歡的人歸類於自己相似的族群。

愛著對方，也愛著自己。心疼著對方，也心疼著自己。

「看不出來，你這小子變會觀察人的啊。」小恩故意調侃地說道。

彭皓靦腆地拿起酒瓶，大口的喝下去。看著他那副害羞的模樣，讓小恩忍不住笑了出來，「不過說真的，這些日子，謝謝你。」

「你是指哪個部分？」

「所有。」小恩突然認真的神情，讓彭皓感到莫名緊張。

「如果……妳真的想謝我，就準備回答我的問題吧。」

「我看，今天有點晚了。我該回去了。」小恩不知道為什麼好像知道彭皓接下來的問題，刻意躲開這個時刻。

「小恩！」彭皓一把拉住了小恩的手，眼裡藏著許多問題。

小恩轉過身，看著他，誰也沒說話。

「沒事，早點回去睡吧。」

「嗯，不用送我了。」

「我就送到門口，妳自己看著辦吧！」

兩個人相視而笑後就各自回到屋內，像是什麼事也不曾發生過。

四周先是一片漆黑，耳邊只聽見自己的心跳聲。再來則是一堵厚厚的牆，白色的光照射進來。一個人影正朝我走過來，那是誰？

越來越近，但小恩卻始終沒能認出他的臉。

是爸爸嗎？

還是？

他？

醒來後，周遭還是同一個景象。小恩好久都沒有像這樣可以做一個完整的夢。一直到睡醒後仍有些許夢的片斷殘留。可是不管是在夢裡還是現實，小恩始終沒能看清那張模糊不清的臉。

叮咚——

這時間怎麼會有人？

小恩慌慌張張地走出房間，一開門便看到身穿粉紅色帽T的彭皓站在門口，手上提著星巴克的袋子。

「給妳的，就知道妳今天一定會起很晚。」

「現在？幾點啦？」小恩迷迷糊糊的問著。

「不過就是睡了一個早上，現在是中午12：34。」

「啊，天啊，我怎麼也睡太久了吧，還有項目報告沒寫……」小恩差點就要去撞牆壁了。

「記得先吃點東西再喝杯咖啡，胃會比較舒服一點。」彭皓絲毫不顧及小恩正在面臨的災難，自顧自地說著話。

小恩順手拿起了焦糖瑪奇朵，說，「嗯，謝謝喔，欠你一次人情。」

「哈，開什麼玩笑？姊姊，妳欠我的人情哪只一次啊？」

「蛤？有嗎？」

「算了，妳不是還要寫報告嗎？不打擾了，記得吃東西就好。Bye。」

「誒！」小恩緊抓著他的帽T後面的帽子，彭皓被勒的受不了轉過身。

「幹嘛？」

「既然都欠那麼多了，也不差這一個吧？」小恩立馬裝出無辜的眼神，兩手虔誠地合十。

下一秒他倆就一起同甘共苦了。

「這位小姐，妳這根本就不是報告誒，這是一個企劃案。」彭皓頓時才發現他落入虎口。

「呵呵，哪裡？有嗎？我怎麼都不知道？」小恩吃著早餐繼續裝傻，低頭整理起資料。

吱吱……

小恩無奈的丟下筆，走到床邊拿起手機，看著螢幕顯示「漢娜」才嘆了一口氣接起來。

「喂？」先說話的不是小恩，是打過來的那位。

「喂喂，小恩啊！」

過不到一小時，小恩的住處已經成為另一個辦公場所。小恩拿著煮好的咖啡，走到正在焦頭爛額寫報告的兩名男女身後。「先生、小姐，要不要來杯咖啡？」話都還沒說完，他們倆就默契地一個伸出左手一個伸出右手把小恩的咖啡都拿走。

「誒，我說漢娜小姐，妳這傢伙怎麼老愛這樣臨時抱佛腳啊？現在都幾點了？」小恩悠閒的喝著咖啡說道。

「哎呦，還不是昨天追劇追太晚，忘了嘛。」她推一推眼鏡接著打字。

「請問，今早還在宿醉的這位小姐，妳有資格說別人嗎？」還沒等小恩開口，彭皓這小子先來個回馬槍。

「什麼？妳昨晚喝酒喔？」漢娜連忙拔下眼鏡，朝小恩來個高八度的問話。

「對啊……就……」小恩支支吾吾的說不上話來。

「妳這人真不夠意思，喝酒也不找我？」漢娜這傢伙的思路還真不是一般人想像得到的。

彭皓見這兩名酒鬼簡直無法根治，只能在一旁搖搖頭後專注打字。

「只是……」漢娜小心翼翼的把小恩拉到一旁。

「妳和那個Night Boy還是什麼Boy Night的，怎麼了嗎？」這小姐一臉八卦的樣子，餘光還不忘朝彭皓那注意，怕會被偷聽。

「什麼？」小恩想繼續裝傻，好讓心事藏在深處不被發現。

「少來了，妳這副模樣八成是出了什麼事，快從實招來喔。」漢娜八卦的雷達一但被開啟，就會窮追猛打，似乎期待著小恩說出什麼驚人的回答。

「我……」

「你們該不會見到面了吧？」

咚～正後方傳來杯子掉落的聲響。

「抱歉喔，我手滑，好險這是塑膠的，沒有打破。」彭皓急忙地連抽好幾張衛生紙擦拭桌面。

漢娜連忙到廚房拿出拖把幫忙打掃，就這樣莫名結束了剛剛的話題。

小恩自從幾天前與彭皓有過一次長談後，她總會下意識地避開單獨與彭皓相處，有些關係好像就是這樣，明明什麼事也沒有發生過，卻再也回不到從前。

隔天下午項目報告果然沒有被太大刁難，小恩還真是第一次覺得要好好感謝彭皓，要不是他將資料做了精簡和彙整，才能安全通過這次的報告。

「誒，妳是不是應該好好感謝妳的彭皓大恩人啊？」漢娜突然從小恩背後出現。

「喔，我也覺得齁。」小恩抓抓頭，一臉愧疚地說。

「什麼妳也覺得，這樣不行啦，今天晚上約老地方？」

小恩還來不及反應，漢娜就已經將邀約傳到三個人的群組裡。

過沒多久，一個大大的ＯＫ出現在對話框。

「你沒看到今天夏姐對小恩簡直熱情到爆表，一臉滿意的表情，嘴上不斷說，哎唷，很好，繼續加油喔！」

彭皓笑著注視著漢娜眉飛色舞地模樣。聊到話尾處，漢娜才意識到整間居酒屋就她一個人的聲音迴盪。

「誒，你們兩個幹嘛啊？平常不是最愛鬥嘴嗎？今天怎麼那麼安靜？」漢娜朝她座位的兩側左右望去。

彭皓看了小恩一眼，但小恩並沒有朝他這個方向看。趕緊隨便找了個話題當接續。

「是說，妳們怎麼那麼喜歡來這家店啊？慶功也來，講老闆壞話也來。」

「喔，這個你不知道，因為這家店賣的拉麵便宜又好吃，對於我們這種北漂（在台北打拼）青年來說，就是最好的選擇。」漢娜熱情的講解，卻不見彭皓有任何該有的反應。

小恩只是在一旁默默地點頭，沒有說話。

吱吱——

漢娜低頭望了一眼手機後說，「我先出去接個電話喔。」

小恩和彭皓同時說了句好後，兩個人之間隔了一個空位，拉長了彼此間的尷尬。

彭皓用餘光瞥向小恩，但小恩還是自顧自的喝著快要見底的生啤酒。

「那妳呢？怎麼就那麼喜歡來這裡吃了？」彭皓像是好不容易想到填補空白的問題。

「一種熟悉感吧，我這個人戀舊，對於打從心底認定的東西，就會有種執著。」小恩的回答彷彿話中有話，雖然他們兩個人從頭到尾都沒有注視著對方。

「打從心底認定的東西，這裡面有包括感情嗎？」

有的時候，小恩總覺得彭皓這個人好像學過讀心術，不然為什麼老是能猜中她的心思。

小恩愣著看著他，兩個人隔著一個空位注視著，「或許吧。」

「你們在聊什麼啊？」

漢娜的重新歸隊，總算化解了剛才緊張的氛圍。

人有的時候很奇怪，總是會本能地逃避那些不願意接受的事情。

或者應該說，每個人都有自己想要保護的領域，一個人不想說，另一個人也不敢多問。

很多時候**人與人的關係就是這樣，過度的關心還是防衛，都是一種失禮**。

小恩醒來的時候太陽穴感到隱隱作痛，這難受的刺痛感，讓她一大早心情有點沈重。殊不知這正是一種預兆。

「小恩，出事了。」才剛踏進辦公室，隱約感到周圍的氛圍有點奇特，平常老愛到處和別人閒聊的阿慈姊，今天也反常地坐在自己的辦公桌前一言不發。小恩往前走向自己的座位時，經過夏姐的辦公室，從門縫中看到了一臉嚴肅的夏姐，旁邊還站了公司某位高層，再往裡面仔細一瞧，他們前面站著的是低頭不語的孫靖。

小恩從未見過孫靖這樣的神情，與她往日的自信不同，緊抿的雙唇似乎在克制住自己想要脫口而出的話語。平凡無奇的上班族生活佈滿了小恩整個世界，就連一丁點聲響都能在她的世界裡產生劇烈的震動，更何況，這件事並不只是一丁點聲響而已。

「發生什麼事了？」

「我也是聽黑哥說的，今天夏姐一早就把孫靖叫進辦公室，好像鬧得有點不愉快，我還是第一次看到孫靖這樣失控的。」

失控？這個名詞怎麼也不可能套用在孫靖身上。到底是發生了什麼事？

眼看著孫靖一時半會兒也無法脫身，小恩只好與漢娜默默坐回辦公桌前假裝認真的開啟私談模式。

職場的生活總是這樣，即使心中有千百個疑惑，不見苗頭誰也別想急著戳破。

半個小時過去了，眼見今天恐怕開不成週報會議時，夏姐走出辦公室，大聲疾呼著，「我們十點開早會，我有重要的事情要宣布。」

說完，只見孫靖一個落寞的身影從夏姐辦公室裡走出。但說也奇怪的是，沒有一個人敢上前提出自己的疑問。小恩眼看不對勁，正要上前去找孫靖聊聊時，有人突然叫住了她。

「小恩，妳可以幫我來看一下這期廣告投放的Banner嗎？」她回過頭，是彭皓舉著手在和她說話。

她只好勉強的繞過孫靖的座位，走到彭皓的廣告部門。

「誒，你幹嘛？這個Banner我早就確認過了，幹嘛硬是把我拖來啊？」小恩小聲嘀咕著。

彭皓將身體湊近，輕聲的說，「你們部門的孫靖，看來要被黑了。」

「什麼？」

「嘿，妳小聲點啦！」彭皓把她拉到一旁，還刻意拿了本設計指南假裝翻了兩頁。

「我聽我們部門的人說的，這個職場險惡，妳等等就知道了，總之，不要把自己攪進去了，知道嗎？」

小恩還沒意會過來，這段話中有話的內容。遠處就聽到夏姐扯著宏亮的嗓音說，「開會了，大家來會議室集合吧！」

沒等到小恩答覆，彭皓用手敲了敲她的腦袋，像是在給予告誡一般，板起嚴肅的表情說，「不要把自己攪進去，聽到了沒啊？」

她抬起頭，終於將眼神聚焦在彭皓明亮的雙眼上。小恩還是沒有答覆，只是靜靜地走到了會議室裡。

來公司兩年，這是小恩第一次覺得會議室裡的空調冷得讓人不自覺顫抖。夏姐早早坐在長型會議桌的最底部，她面無表情的看著人員就坐。此時，孫靖還是不發一語的坐在夏姐的右手邊。

待人員都坐齊後，夏姐先是環顧一下四周，接著說，「在你們會報業務之前，我有件事要先說，之前我們公司搶下的新加坡合作案，要取消了。」

她用簡單的「取消」兩個字，粉碎了這陣子大夥花費的心血。尤其是身為項目主導人孫靖和小恩。自從接下這個案子，她們兩個幾乎每個禮拜都在加班，就連假日也都是這樣。小恩先是看著夏姐，接著又將目光轉移到孫靖身上。她甚至很想起身問清楚原因，但抬頭卻不巧與站在會議室門外的彭皓對了眼神。彭皓一臉擔憂地搖著頭，小恩當然明白他的意思，只是她不明白，為什麼她連問的資格都沒有。

夏姐沒有正面答覆眾人疑惑的目光，繼續講著，「我們的交出去的提案裡，出現了嚴重的瑕疵，涉及了抄襲問題，所以我們被迫退出評選，合作取消。」

抄襲？這是什麼意思？

眾人的眼神頓時停留在低頭不語的孫靖身上，但小恩心裡比誰都清楚，這背後到底是誰在搞鬼。

會議結束之後，大夥還是沒能忍住壓抑已久的情緒，就好比為了這次提案連改了好幾份稿的黑哥，他忍不住在吃中餐時嚷嚷著，「還當什麼編輯，一點職業道德都沒有，當人家傻子啊，還抄襲。」

一旁的漢娜也忍不住出聲，「對啊，害我還連續熬了好幾天的夜，就為了把後面的行銷策劃想出來，結果呢，有人倒是很輕鬆，抄襲幾筆就交差了事了。」

只要與孫靖牽扯上關係的，漢娜絕對不會放過任何說風涼話的機會。

當眾人還在為抄襲事件議論紛紛時，小恩只是低著頭一句話也不想說。總算熬到下班時間，小恩傳了個訊息給孫靖，裡面寫著：

**下班後，一起去熱炒店吃晚餐好嗎？**

過了好幾分鐘，辦公室裡的人群漸漸散去了，就連平常動作最慢的侯哥也準備起身離開，眼見就只剩小恩與孫靖兩個人。小恩低著頭再次確認了孫靖並沒有答覆後，決定直接走上前去詢問她。此時，夏姐從辦公室裡走了出來，在極快的時間裡投以孫靖一個不可言喻的眼光，但這細微的眼神交流，全都被小恩看在眼裡。她繼續滑著手機，裝作什麼事也不知道。過了幾秒，在確認夏姐走出辦公室後，小恩又再次傳了訊息給孫靖。依然沒有回覆，小恩抬起頭看著面無表情的孫靖，忍無可忍伸手抓起她的手走到了公司側門，這裡很安全，至少遠比在茶水間還是樓梯間說話還要更安全。

「到底怎麼回事？」小恩不由分說的先發制人。

「什麼怎麼回事？」

小恩左右張望著，再三確認沒有人後，繼續問道，「抄襲的事，是主題故事的那篇對吧？」孫靖的眼神霎時變得有些畏懼，但過沒幾秒又用著慣用的一號表情說，「不是！」。

即使她的眼神只是很短暫的有了變換，不過小恩仍舊從中窺知了真相。

兩週前，關於新加坡的合作項目有了新的進展，就是在小恩與孫靖南下出差後的一個禮拜，合作方表示很樂意與我們公司長期配合，但有個要求就是要在10天內完成一份提案，內容包含了對於日後專題的設置與行銷方案和整體風格規劃等，簡直就是要在10天之內做成一本小型專刊。

時間如此的緊迫，以至於夏姐下達了加班令，簡言之就是從接到任務開始，管你白天黑夜、平日假日，通通都得全員一同把這項任務完成。當然這種莫名的加班令早已不是什麼特別的事，但這次比較不同的是，此次的任務並不是單憑熬夜趕工就能做出來的。小恩當時和孫靖被分配到撰寫提案中最為重要的主題故事，小恩負責搜集資料，孫靖負責整理撰稿，大夥分工做了好幾天，就在準備完稿時，孫靖與小恩突然被叫進了夏姐辦公室，「那個，主題故事，是誰寫的啊？」夏姐目光銳利的看向她們。

「是我！」孫靖沒有想太多直接說出答覆，但小恩在一旁看得出來，感覺不太對勁。

「這樣寫不行，不夠吸引人的！」說完夏姐又用一副不可一世的表情喝著從哪裡進口的名貴紅茶。

「那，我回去再重寫。」孫靖像是個訓練有素的忠臣，可以在極短的時間之內說出令上司滿意的答覆。

但可惜，這次她失算了。夏姐要的不是這個答案。這也就是小恩從頭到尾都不願意吭聲的原因，看著夏姐眼鏡下那雙狡黠的眼神，她就能猜到事情並不單純。

她想要自己當主角，好讓她可以更快的坐上董事長的位置。

「不用了，妳們還年輕，沒能抓得到對方真正的需求這不怪妳們，這需要有一定社會經驗與閱歷的人才有辦法看得出來。這樣吧，這篇就我來寫吧，妳們就去看其他人還有什麼需要幫忙的地方，大家盡快在這週完成吧。」

一段話裡就把想批評的人批評了，順道讚揚了自己。這種多功能的語句型態，小恩怕是一輩子也學不會。

只見孫靖面有難色地說句「好的。」，就默默與小恩走出了夏姐的辦公室。

「妳怎麼了啊？她要自己寫這不是很好嗎？反正我們怎麼寫她都不會滿意，這樣讓她寫，我們倒也省得輕鬆啊。」當小恩如釋重負的走出辦公室後，忍不住一口氣就向孫靖大吐苦水，但孫靖倒是擺出了一臉比自己接到任務還為難的表情。

「不是，妳不知道，夏姐已經很久都沒有親自撰稿過了。」說完，孫靖又覺得自己好像不小心把祕密說出口，露出困窘的表情。

親自撰稿？這是什麼意思？小恩疑惑的看著孫靖。她想著，撇除夏姐老愛四處炫耀這點不說，她平日裡最愛批評的就是我們這些編輯的文字功力不夠。像是她老是把我們的稿件用紅筆塗塗改改，然後叫到她的辦公室裡被修理半天。邊碎念現在年輕人的詞藻枯燥，邊說著自己寫的文章受到多少人愛戴。

對啊，她最引以為傲的莫過於那了不起的寫作能力。但是，孫靖竟然說，她已經很久都沒有親自撰稿，這到底是怎麼一回事？

「其實過去已經有好幾次她說好要自己寫的文章，但最後不是找代筆，就是自己上網去找其他文章剪貼拼湊而來的。」孫靖吞了吞口水，繼續說，「說穿了，就是……」

「抄襲？」小恩張大了嘴，定定地看著孫靖。

「那這次？」

「不知道，我總有一種不祥的預感。總之，妳知道這件事後不要跟別人說，接到稿件之後，我們再來想想辦法吧。」

這是小恩第一次看到孫靖臉上竟會流露出不安的神情。

果然，和孫靖預想的一樣，小恩一早就收到了夏姐傳來的稿件。經過她與孫靖反覆對比之後，確認的確是來自某個平台上的文章。雖然是個默默無名的平台，不過只要打上幾個關鍵字，不需花費多少時間即可查出內容來源。

「這……到底該怎麼辦？」小恩不知所措的看著孫靖，只見孫靖神情嚴肅的看著手中的稿件。今天早上她已經重複看了不下數十遍了，用紅筆在上面來回註記了好久。

「妳要去跟夏姐說嗎？」小恩小心翼翼的將心中的話說出。

「嗯，我會去跟她說的，這畢竟攸關公司的形象問題。」這好像是孫靖沉默一個早上以來說過最長的一句話。

下午，夏姐一臉得意洋洋地走進辦公室，似乎是以為自己解決了一個棘手的項目，正準備接受眾人的讚譽。殊不知，孫靖先是擺起一張冷峻的臉孔，將一疊稿件送至她的面前。

「夏姐，這是您今天早上傳給我們大家的稿件。上面標註紅筆的部分，是我覺得，不太妥當的地方，請您過目。」

夏姐臉上的笑容漸漸化為尷尬，最後擺出和孫靖一樣冷酷的面孔。

「喔，這個啊，妳不會是說我在抄襲對吧？」

辦公室裡只有夏姐和孫靖兩個人，這樣上對下的局勢，夏姐自然無需顧及太多，直接說中了孫靖的心聲。

孫靖緊抓著手中的稿件，低頭不語。

夏姐走上前將稿件接過去，隨意翻了兩三頁之後，笑著說，「哎呀，我說妳們這些年輕人是不是太可愛了啊？這不是抄襲，這叫參考，做我們這行的都這樣的。」夏姐看了看稿件再看一眼依舊沉默不語的孫靖，繼續為自己辯護道，「其實呢，你們才剛入社會，當然不知道這些道理，人家平台要的是企劃案，不是非要看你的內容，所以不用把重點放在這，更不用刻意放大來看。」

孫靖咬著下唇，勉強說了句，「嗯，我知道了。」

「對了，孫靖啊，若成功拿下這個案子，我請我們部門一起去吃頓大餐吧。」待孫靖準備離開辦公室前，夏姐突然冒出這句突兀的話。

「妳為什麼要幫她背這個黑鍋呢？」孫靖這才注意到，剛剛的眼神已經瞞不住太多的謊言。

雖然公司大半的人都已下班，但孫靖知道，夏姐待會吃完晚飯之後，還是會回來繼續跟她商量對策，她不能說出真相。

「我沒有，妳想太多了，那時我跟夏姐已經討論過，企劃案的主題換成由我撰寫的那份，都是我太過匆忙沒有注意到，就僅僅是這樣而已。」孫靖激動的辯駁，企圖打消小恩的疑慮。

小恩看著她沒有再多堅持什麼，只是等到孫靖轉身離開前，在她背後無可奈何地說，「但願真的是我想多了。妳知道我在說什麼，如果有一天，妳想說，我會相信妳的。」

孫靖遲疑了一下，之後便頭也不回的往辦公室裡走去。

沒有人知道那天晚上夏姐到底與孫靖說了什麼。就好像沒有人知道，兩週後孫靖為什麼突然說要離職。

**職場中來來去去的人很多，有的人就像是過客，但有的人卻總能輕易的在別人心中烙印深刻的痕跡，就像孫靖。**

孫靖離職那天，夏姐意外的沒有來上班，所以辦公室裡充滿著不捨又平和的氣氛。大家都很有默契的不再多問她離開的理由。

根據她官方的回應，是想要到國外去進修，但小恩心裡知道，這並不是真正的原因。

眾人舉杯祝福她有個前程似錦的未來時，孫靖落寞的神情早已暗示出她的無可奈何。小恩還是沒有開口問她，只是自己默默的掉淚。

她不明白自己為什麼會哭，是因為看到了委屈？還是看到未來的自己？

「妳說，如果有一天我想說，妳會相信我的，這句話還算數嗎？」小恩躲在後門拭淚時，還沒能留意到孫靖已經悄悄站在她的身後。

「妳？」小恩收起眼淚，用力的點點頭。

「不要過於執著知道太多真相，不要對職場裡的人放太多真感情，不要揮霍大把的青春後發現自己沒能珍惜眼前人。」孫靖淡淡的說出富含哲理的一段話，像是在為她這些年的職涯做出總結。

小恩沒有說話，盯著地板上的污漬看了好久。

孫靖拍著她的肩膀繼續感嘆的說，「別太難過了，雖然這樣的結局看起來不太美好，但至少我堅持了自己。妳應該替我高興吧？」

應該高興嗎？小恩沒有答案。眼淚還是不爭氣的落下，努力清著喉嚨，說，「我只是想跟妳說，妳是一個很棒的人。對不起我曾經討厭過妳，但現在真的好希望妳能留下來。」

「謝啦，聽到這些話好像心情真的有好了點，」孫靖不知不覺也紅了眼眶。

「誒，妳們在這說什麼悄悄話呢？」漢娜從樓梯口走下，「太不夠意思了，拋下我們自己私聊啊？」

小恩走向她，扶著已經有點喝醉的漢娜，說，「妳怎麼回事啊？平常……」

「平常不是最討厭我嗎？怎麼現在一個個都哭花了臉，到底演的是哪齣？」孫靖刻意的調侃著小恩和漢娜。

漢娜舉起手勾著孫靖說，「過去我真的很討厭妳，討厭妳自以為是又一副盛氣凌人的樣子。可是，不得不承認妳是個很優秀的主管，妳走了，團隊真的就缺少了一個最有力的靠山了。」

「不會的，妳們都可以做到的。相信自己吧，對自己有些自信。」

三個人抱著彼此又哭又笑的，此刻除了好好道別不留遺憾之外，任何挽留都是多餘的。

「好了啦，不要再哭了，保持聯絡就好了啊，不是都有手機和LINE？」

雖然話是這樣說，但一個成熟的大人都知道，「有緣再見」和「保持聯絡」這些話是本世紀最大的謊言。

**「有緣再見」就是再也不見。當你真心不想見到一個人，怎麼有緣都不會相遇。「保持聯絡」就是漸行漸遠。當生活已經不再有交集，彼此就會成為兩條平行線。**

孫靖離職後，公司一切如常的運作著。辦公室裡的所有人就像是集體喪失記憶一樣，沒有人再次提到孫靖離職的事。就連她過去坐過的位置，現在都已經成了堆放雜物的地方，一層堆著一層，掩蓋著有人曾經使用過的痕跡。只是小恩不知道為什麼，在孫靖離開後，就越來越討厭看到夏姐那張假笑的臉。雖然說以前本來就不怎麼喜歡了，現在看了格外感到厭惡。

**To: Night Boy**

我最近突然有一種感觸，人們總覺得自己可以掌握命運，殊不知人生一切都是意料之外的。我曾經以為那個人是阻礙我取得成就的巨型障礙，但到頭來我才發現，她離開後我並沒有感到比較快樂。就好像離目標似乎越來越遠，頓時有種失去重心的感覺。

這幾天，我的直系上司夏姐老在大家面前稱讚我做的很好，又私下把我叫去精神喊話。說什麼我有大將之風，有提拔我的打算，要我好好加油什麼之類的話。老實說，我並沒有因此開心。相反地，反而感覺有點不知所措。

其實我內心很矛盾，明明就快要達到自己一直以來夢寐以前的成就了，為什麼我就是快樂不起來呢？

**ID：無法入睡的可憐蟲**

自從孫靖離開後，小恩感覺到自己失眠的問題又再次出現了。而且這次的症狀又更加嚴重，以前是一個晚上至少可以短暫睡個3～4個小時，現在能在天亮之前睡著就已經算很好了。

每個夜晚都像是種折磨，全身的神經開始變得緊繃。那些在日常掛念的事，一一在腦海裡浮現，有孤零零待在老家的母親，還有尚未完成的報表跟企劃案，孫靖離開的背影……

隔天，果不其然收到了回信，

**To：無法入睡的可憐蟲**

或許對妳來說，那個人真的很重要吧，只是可能連妳自己都沒能察覺。

人生中總會有這樣的人吧，剛開始看起來像是來自不同世界，但久而久之，不知道是誰開始闖進了彼此的生活中，漸漸變成同一路人。

即便這個同路人無法陪妳走到最後，至少也沒有留下太多遺憾，這樣就值得開心了吧？

至於，升遷的事，妳可以好好想想這件事對妳的人生而言究竟代表著什麼，想清楚了，也許你自己就能得出最好的答案。

Ps.最近我的《晚安信》APP有些問題，寄出去的信一再被退件，不過如果妳有收到這封信，那應該代表沒有問題了。別擔心，我不會忘記回覆妳的每一封信的。

## ID: Night Boy

是啊，不留遺憾。小恩想著，至少她最後有對孫靖說出心中的話，即使知道孫靖對自己並沒有百分之百的坦誠也無妨，別留下遺憾就好……。

看完回信後，小恩覺得心裡舒緩許多，不過她突然想到這封信最後寫的那幾行字。

最近這幾次在用《晚安信》時確實容易出現許多Bug，莫名的閃退，還有準備要寄件時，點擊按鍵卻沒有反應。

小恩緊握著手機，在房裡來回踱步。一股莫名的不安感襲來，讓她整天都有點恍神。夜深人靜的時候就會想著，若是有一天，就連Night Boy也突然消失了該怎麼辦？就像孫靖那樣，突然地從自己的人生裡消失？

越是害怕的問題越是不敢正面回答。又是一個充滿不安的夜晚，只是現在的不安變得與失眠無關。

還未走進辦公室，老遠處就聽見夏姐嘹亮的笑聲。小恩偷偷往夏姐辦公室裡一看，只見她拿著手機不時地露出誇張的笑容。

每當這種時候，辦公室裡總會瀰漫著一股奇怪的氛圍，一來是得知今天早上的會議勢必會很容易過關，二來則是大家最恐懼的事——又有新案子進來了。

這代表著，將來的幾個禮拜恐怕又是一連串的戰爭。

大家相互交換過眼神後，即刻知道待會要面對的事情。各個露出了然於心的表情，沈重的等待接下來的決定。

果不其然，夏姐掛完電話後，一臉喜孜孜地從辦公室裡走出。

「大家聽我這邊齁，等等10：00準時會議室集合。那個，小恩，妳跟我進來一下。」

小恩起身，眼神不小心與坐在對面廣告部的彭皓對到，他一臉擔心的看著小恩。

「小恩啊，跟妳說個好消息啊！」夏姐熱情地招呼小恩坐下。

「什麼消息呢？」小恩勉為其難的假裝關心。

「還記得我之前談了很久的大案子嗎？那個創意研究中心的競標案，我跟你說，我得到一個內部消息，裡面有個高層是我的好朋友，他說只要我們參加就一定會讓我們得標的。」

夏姐用著敏銳的眼神撇過小恩不安的神情，隨即補上，「妳不是一直很喜歡寫劇本那類型的東西嗎？這次的標案正好就是要寫一齣微電影的劇本，妳的機會來啦！」

小恩先是愣了好幾秒，隨後才意識到自己應該要給予一個相對熱情的回覆。她努力撐起了笑容，說，「真的嗎？太好了！」

「這個創意研究中心最喜歡你們這種年輕人的新鮮想法，所以劇本就交給妳來寫了，妳覺得怎麼樣啊？」

「好啊，謝謝夏姐。」五味雜陳的情緒持續在腦海裡擴散。

隨後和大家開會的內容大致上與剛剛夏姐私下和小恩所說的內容差不多，唯一的不同就是夏姐相當大張旗鼓地宣布了小恩是擔任這次標案的主理人。過去當了萬年助手的她總算被委以大任。

「但是不知道為什麼好像是不安的感覺大於開心啊？」下班後，小恩總算在居酒屋裡說出了實話。

「我看妳的表情就怪怪的，似乎很不想接這個case。」漢娜一針見血的回覆。

從進門到現在都不發一語的彭皓坐在旁邊自顧自地喝著生啤酒，漢娜推了一下他說，「誒，我們小恩升任了大型標案的主理人誒，你不表示一下什麼？」

「什麼？」彭皓裝作沒有聽到一樣。

漢娜翻了個白眼後繼續說，「這很了不起好不好，主理人誒，我聽說如果順利拿下案子，主理人至少可以拿到10～20萬不等的獎金誒。」

說完彭皓還是一副事不關己的模樣，讓漢娜感到有點失望。

「其實我覺得——」

「其實我覺得這不是個什麼好差。」彭皓突然搶在小恩說完話之前開口了。

漢娜和小恩同時驚訝地看著彭皓，他今天確實不太一樣。不僅話變得很少，整個晚上都緊皺著眉頭在思索著什麼，看上去格外陌生。

心裡藏不住話的漢娜搶先開口了，問他，「你這話什麼意思啊？」

彭皓先是撇了一眼坐在漢娜身後的小恩，接著認真的看著她們兩個說，「妳們應該還記得孫靖是怎麼走的吧？」

這一問，瞬間讓大家陷入了沉默。

孫靖被蒙上抄襲的污點被迫離職的事，距離現在不過半年。

還沒等小恩和漢娜回過神，彭皓接著說，「這件事有一就有二，妳們自己要注意一點。」

回到家後，小恩不時的會想起彭皓今晚說的話。難道，她也會變成第二個孫靖？不對啊，這次劇本全都由我負責的話，那當然就都會是原創啊，只要不要讓夏姐撰稿不就好了。小恩這樣想著頓時找出了解答，雖然心中還是感到不安，但已經比先前好了很多，於是她便一如往常那樣打開了《晚安信》。

**To Night Boy：**

你知道嗎？我今天竟然被主管選為一個大型標案的主理人誒。當了萬年助手的我，終於也有了今天。

雖然我一開始是覺得不安的感覺大於應該興奮的感覺啦。但是現在想通了之後，覺得這也沒有什麼，乾脆就認認真真的做下去吧。

想太多好像也沒有用吧。

而且這次終於是做我最喜歡做的事，寫微電影的劇本。我一直都很喜歡寫作，尤其是和故事相關的寫作，總算可以藉著工作做著自己喜歡的事，感覺一定很美好。自從與你通信後，好事都會接連發生呢。

相信我，一定可以寫出很優秀的劇本的，等著看吧。

等我把這次的案子拿下後，我們就來正式見個面吧？你說呢？

## ID：無法入睡的可憐蟲

男孩收到來信後，像是突然想起什麼重要的東西。立即用語音查詢了關於「李沂恩」的資料，根據全球權威級人物故事調查網的資料顯示，李沂恩曾在某篇專訪中提到自己的職場故事。

「對了，就是這個。」男孩瞪大著眼睛，盯著眼前的透明視窗。

上面清楚放映著「李沂恩」坐在偌大的會客室中，她的妝髮自然，態度落落大方，身穿著俐落的白色套裝，看上去真的很有企業家的氣勢。

坐在她身旁的是梳著整齊油頭的主持人，忍不住讓男孩在心裡嘲諷了一下。

主持人對著李沂恩問到，「在妳過去的工作經驗裡，有沒有印象特別深刻的一次挫折呢？」

李沂恩低頭想了一下，眼神還是那樣柔和溫暖，接著她像是總算獲取了過去記憶一樣，抬起頭說，「有一個，我至今很少與人談及的經歷。但那次經歷影響我很深——應該說，如果我那次沒有挺過來，或許我現在就不會坐在這接受你的採訪了。」

主持人一聽即刻露出職業性的浮誇表情說，「可以說一下是什麼事嗎？」

她笑著說，「那是好久以前的事了，大概是我剛進入社會頭三年吧，就是原本我都是在公司裡擔任不太重要的小編輯。後來突然某天主管就說接到一個很適合我的案子，要我全權負責擔任那個案子的主理人。我一看那個案子的內容就是寫一部微電影的劇本。這對我來說不難，也是很感興趣的事，所以沒有多想就接下了。」

「這不是件很好的事情嗎？怎麼會變成挫折了呢？」主持人很不懂得訪問節奏地問道。

「是到了後來交稿後沒多久，我發現那時我準備許久的劇本被主管拿去盜用，對外說是她的作品，最後我什麼都沒有得到。更慘的是，那時我是主理人，可是沒有注意到主管她暗自抄襲了某個部落客的文章，最後還是由我出來背鍋。」

「太慘了吧，先被剽竊後又被指控抄襲。」

「是啊，當時我還真的很想一了百了了，現在可以這麼雲淡風輕的說起這件事，我自己也覺得很神奇呢。」

男孩看到這裡按下了停止鍵，將目光停留在李沂恩那雙充滿故事的眼睛。

我絕不會讓這件事情發生，男孩心想著。

**TO無法入睡的可憐蟲：**

**雖然我知道妳終於等到一個自己喜歡做的案子，但我是真心不希望妳接下這個案子。不是對你沒有信心，而是這件案子背後有著很複雜的權力關係，我不希望妳參與在其中。如果妳執意要接，那請記得將妳每次寫稿的文件檔備份上傳，還有每次妳和主管交談時，請務必悄悄錄音。記得了，這件事情很重要。**

**就請相信我這次好嗎？**

**Ps.我也很想跟妳見一面，不管這件事有多難。**

小恩收到回信之後，重新關閉了《晚安信》兩次，她懷疑自己是不是收到假的信件，不然就是

Night Boy的帳號被人盜用了。

為什麼Night Boy要寫下那麼多奇怪的話？

她的腦海裡瞬間閃過彭皓那天晚上說的話，他說他不覺得這是個好差。而現在就連Night Boy也是這樣說。

這到底是為什麼呢？

還有，最後那句「我也很想跟妳見一面，不管這件事有多難。」又是什麼意思？

整個晚上小恩完全無法闔眼，她自己心裡很清楚，內心的恐懼是多餘期待的。但是這是那麼難得的機會，終於可以展現自己的時候到了。怎麼能說放棄就放棄。

小恩決定無視心中的不安，專注地完成她首次主理的案子。

就在案子著手進行的第三週，小恩將手中的微電影初稿交給夏姐過目，夏姐一臉滿意的看著桌上的稿件，笑眯眯的對著小恩說，「妳辦事就是這麼有效率，我果然沒有看錯人。」小恩揚起了驕傲的微笑，這可是她連續熬了好幾週才孵出來的成品，自然沒有話說。

「好了，妳就放這就好，我晚點來好好欣賞大作啊。」

這個大案子眼看就要接近尾聲，小恩壓抑不住內心的好心情，找了團隊的成員一同到居酒屋裡小小放鬆一下。當晚小恩多喝了幾杯，回到家時已經接近凌晨了，彭皓費了好大的力氣才將喝得爛醉的小恩拖進房間。

「這位小姐，妳不會喝就不要喝那麼多好嗎？」

「拜託，你這小屁孩懂什麼，姐姐我開心啊！說什麼這不是什麼好差，講一堆洩氣的話，你看，我不就快要完成了嗎？」

彭皓不想與她爭辯，大力地將她的包包襪子丟到一邊，離開房間之前不忘粗魯地替她蓋上被子。

突然，小恩的手機跳出一則訊息，上面寫著「您收到一封《晚安信》的回覆。」

彭皓走近一瞧，盯著手機愣了好幾秒……。

距離案子交稿日還剩下五天，小恩不疾不徐的整理著早已完成的稿件內容，一再開啟做好的PDF檔反覆確認。

這下，應該沒有問題了。小恩心想著，果然是要做自己喜歡做的事，這件案子做起來就是特別的得心應手。

「誒，小恩啊，第三章的人物採訪與數據分析妳有給我嗎？」

小恩轉頭看向發話的美編黑哥說，「有啊，這個是夏姐負責的，她上週給我，我檢查過後就立刻傳給你了啊。」

「不對啦，夏姐兩天前才將原本的稿件拿回去做修改啊，妳這個不是最新的版本啦。」

「什麼意思？夏姐把原本的稿件拿走？我怎麼都不知道？」小恩急得從座位上跳了起來，趕緊走到黑哥身後。

「好像就是兩天前啊，她晚上突然私訊我說要改稿，我就傳給她，但她到現在都還沒給我，我還以為妳已經收到了呢。」

「沒有啊，她根本就沒有跟我說要改稿。」

漢娜在一旁插話道，「這樣來得及嗎？幹嘛臨時改什麼稿啊？黑哥還要做美編，這樣趕得上交件時間嗎？」

小恩匆忙回到座位，眼睛瞟見彭皓憂心忡忡地注視著她。

糟糕，夏姐這四天都在台南出差，她出差時向來很難聯絡的到人。

「漢娜，我可能要下台南一趟，剩下美編收尾的部分就麻煩妳檢查了。」

「什麼？妳不要鬧了，妳下台南要去哪裡找夏姐？」漢娜瞪大眼睛看著小恩。不只她，整個辦公室裡的所有人都在注視著她。小恩緊握著手不敢鬆開，原以為將不安視而不見就能躲避麻煩，沒想到麻煩始終擺脫不了。

直到下班，公司還是沒有一個人聯絡的到夏姐，她只要每次下台南談案子總是神祕兮兮的，沒有人知道她到底去了哪裡、見了誰。

「小恩，先回家休息一下，我們明天再來想想可行的補救方法。」漢娜背起包包看著仍在和數據表奮鬥的小恩。

「不行，到了明天截稿日期就只剩下四天，黑哥美編做得再快也至少要三天，我們今天不趕快完成——」

「到底有差這些時間嗎？」彭皓從漢娜的身後走了過來，身後的時鐘指向11：37。

原來已經那麼晚了，小恩頹然地看著仍有一大片空白的文件檔。

彭皓走到小恩的座位旁，伸手摸著小恩的頭說，「走吧，先回家休息吧。」

回家的路上，小恩仍是一臉心事重重的樣子，無論彭皓說什麼她都聽不進去。好不容易走到了家門口，小恩低頭在包包裡拿鑰匙，卻怎麼也找不到。彭皓站在她身後眼見不太對勁，上前問道，「妳還好嗎？」

「不好！」小恩似乎連想都沒有多想，直接說出了這句回話。

正當彭皓要走上前靠近小恩時，她突然回過頭說，「對不起，我真的好累，連說謊都覺得很累，我現在真的感覺很不好，就讓我一個人吧。」

彭皓縮回了原本伸出的手，默默的挪開步伐走回家。留下小恩一個人獨自站在原地對著門無聲地流著眼淚。那是一種深深的無力感，就好像握著拳頭卻揮不到敵人，甚至不知道敵人到底是誰。為誰生氣，為誰無力，為誰哭泣。沒有一個指名的人物，沒有一個具象的目標。

就是打從心底覺得很累，很煩，很無奈。好像越是努力抓住什麼卻又什麼也抓不住。

這世界本來就是這樣不公平嗎？越是想要得到的，越是讓你很難得到。

彭皓虛掩著門，躲在一旁看著這樣失落的小恩。他不敢向前對她說一句沒關係，就只能這樣看著她、陪著她度過這個漫長黑夜。

**To: Night Boy**

或許我本該聽你的，這真的不是什麼好差。意想不到的事情發生了，我甚至不知道該不該放棄。

關於那個案子，我的主管兩天前把已經準備要發送的稿件拿走了，現在根本聯絡不上她。我不知道為什麼心裡的不安越來越沈重，是我做錯了什麼嗎？為什麼總是得不到想要的結果？

有種失去方向的感覺，讓我感覺好累……

## ID：無法入睡的可憐蟲

再怎麼不想面對，隔天總會到來。雖然並不曉得黑夜到底是不是真的過去了。

到了公司，小恩突然看到夏姐的辦公室有個人影，走近一瞧，竟然是拖著行李的夏姐從台南出差回來了。還一臉笑盈盈地說著電話。她抬頭看見小恩，隨即舉起一隻手熱情地在空中揮舞，她眼神示意小恩留意放在桌上的文件，上面寫著人物採訪和數據分析圖。正巧夏姐掛完電話，興奮地走到小恩身後說，「完稿了，妳趕緊去送印吧。不是快要截止了嗎？」

「這……」小恩納悶的看著不知為何心情很好的夏姐。

夏姐繞過了小恩，從一旁的架子上取下了一個粉紅色花紋的茶壺，接著說，「喔，這個啊，我前幾天覺得這篇稿子還可以再完善一點，我就先拿走回去改了一下，美編的部分也趕出來了，現在妳只要拿去送印繳交就好了。」

「可是妳怎麼都不事先跟我說一聲呢？」話才剛說完，小恩一看到夏姐有些惱怒的眼神立即知道自己太衝動了，怎麼就這麼不經意流露自己真實的情緒。隨後立即補上一句，「時間不早了，我去送印。」

夏姐點點頭，難得沒有繼續追究她剛剛的無禮。

「怎麼樣了，夏姐交稿了？」小恩一走出辦公室就立刻被漢娜抓到一旁問話。

小恩嘆了口氣點點頭說，「時候不早了，我要趕緊拿去送印交件了。」

從創意研究中心走出的時候，天空透著一道淡黃色的餘暉，「終於啊。」小恩放慢腳步，漫無目的的看著下班的人潮。這種什麼都不用想的時刻，她第一時間就想與他分享。突然想起今早收到的回信，趕緊拿起手機打開《晚安信》。

**To：無法入睡的可憐蟲**

**別氣餒，很多事情妳越是在意，命運就偏偏會和妳開玩笑。**

**不是妳不好，只是還需要點時間讓上天知道妳值得擁有更好的結果，沒關係的。**

**打起精神想想要怎麼解決當前的問題才是最重要的。**

**記得我提醒過妳的話，不管是主管交給妳的文章還是妳交給她的都一定要再三備份，最好是找共同見證人可以確保著作權歸屬。**

**還有，最好每次和妳主管對話時都要錄音，以備萬一。**

**希望這件事情可以圓滿落幕。**

**Ps.等這件事情真正結束之後，我會告訴妳原因。**

**ID: Night Boy**

這傢伙，怎麼老是說一些奇怪的話？小恩對著手機又是疑惑又是無奈的笑著。

「在看什麼？」彭皓戴著安全帽低頭看著坐在路邊的小恩。

「蛤？沒有啊。」小恩趕緊將手機收起，回問，「你怎麼會在這啊？要去哪嗎？」

彭皓若無其事地說，「這個時間當然是要回家啊。」

「喔，那掰掰。」小恩站起身，往捷運站入口走去。

突然彭皓從後面拉住了小恩的後背包，小恩還重心不穩往後倒了好幾步。

「幹嘛啦你。」

「我送妳啊。」

小恩這才發現，彭皓左手拿著一個粉紅色安全帽。

好久沒有這樣坐著車吹著風，好像回到了小時候，放學回家爸爸都會這樣載著小恩去兜風，玩得滿頭大汗，回家再偷偷瞞著媽媽是和同學出去玩。

爸爸，早就已經消失在她的生活裡了。

風吹的眼睛有點乾，酸澀的情緒突然一下子湧上，只好偷偷躲在彭皓身後哭泣。最近不知怎麼地變得好愛哭，難過的時候、孤獨的時候就連感到幸福的時候也會想哭。

「誒，妳抓緊一點啦，不然我突然煞車妳會飛出去喔。」

「什麼？」身邊來來去去都是車聲，小恩根本聽不見彭皓說的話。

下一秒，彭皓直接將小恩的手往前拉放在自己的腰上，大聲的說，「這樣，聽到了吧？」

小恩僵著身體，硬是和彭皓保持一點距離。她不知道自己在害怕什麼，好像每次都是這樣，還沒有結果之前自己就先躲避了最終答案。

一路上彭皓還是那樣有一搭沒一搭的和小恩說話，小恩有時聽到了，有時還是在發呆。他們似乎繞遍了整個台北的小路，到家後兩人互道晚安之後就各自回家了。

截止日後幾週，終於回到平常的上班作息，簡單寫寫採訪和資料整理，甚至連加班的次數都變少了。最近這陣子小恩總覺得夏姐對她格外照顧，不僅三番兩次帶去餐廳吃飯，還會刻意買很多小零食送到她的桌上。

「無事獻殷勤……」

「好了啦，我已經覺得夠不安了，別說了。」小恩立刻摀住漢娜的嘴，深怕居酒屋裡的人聽到這些八卦。

「誒，漢娜，我剛剛離開辦公室之前好像聽到黑哥在找妳，妳要不要打電話問他是什麼事啊，好像很急的樣子。」彭皓急匆匆地對著漢娜說，牛仔外套的領口還有一邊塞在衣服裡。

「什麼事那麼急啊？哎，真麻煩，我出去打個電話。」漢娜今晚喝的有點多，說話音量又比平常高出了好幾分貝。小恩和彭皓點點頭，目送漢娜走出店門口。

「妳最近還有跟夏姐單獨吃飯或是聊天嗎？」彭皓才剛坐下，立刻轉頭嚴肅的說著。

「怎麼突然問這個，最近……還蠻常的吧。」小恩看著彭皓臉色不太對勁，接著問，「你該不會是故意支開漢娜要跟我說什麼吧？」

「妳都有錄音嗎？還是檔案都有上傳備份？」

這傢伙怎麼會說出和Night Boy一樣的話？小恩吃驚地看著彭皓沒有回話。彭皓先是看了一下門口，確認漢娜還沒有進門，繼續說，「不管怎樣，記得都要錄音，不要太相信妳身邊的人，知道嗎？」

錄音？Night Boy也是這樣警告過她。小恩先是愣了兩秒，之後實在憋不住大笑起來，邊笑邊說，「你是不是最近什麼懸疑片看太多啊？」

「我不是在跟妳開玩笑，妳認真聽我說——」

「說什麼啊？」漢娜冷不防插了一句，彭皓無奈的轉過頭自顧自地喝著手上的生啤酒。

漢娜先是看了一眼小恩，之後又拍了拍彭皓的肩膀說，「幹嘛不說話啊，你不說我要說了，我剛剛打給黑哥他說沒有要找我啊，你是不是聽錯了啊？」

「就當我聽錯了吧，晚安，我先走了。」彭皓臭著臉走出店外。

「他幹嘛啊？」漢娜疑惑的和小恩對看。

夜晚，小恩越想越不對勁，忍不住打了通電話給彭皓，過了許久電話那頭才有人接起。

「喂？」

「幹嘛？」彭皓的聲音聽起來還在生氣。

「你怎麼啦？在生氣喔？」

「沒有啊，有事嗎？」

小恩心想，這個彭皓真的很像小女生，明明整個語氣聽起來就是有事的樣子，但卻偏偏什麼話也不說，她忍住發怒的情緒，嘆了一口氣說，「有事嗎？這句話是我要問你的吧，到底在發什麼脾氣啊？」

「我就說沒事啊，我看妳也沒有很想聽啊。」

「算了，我要掛了，晚安。」小恩氣沖沖地要把電話掛掉，電話那頭的人好像感受到小恩的怒氣，急著說，「我再說一次，也是最後一次，不要太相信任何人，和夏姐任何一次的交談都務必要錄音。」

「好，那我問你，這是為什麼？為什麼叫我不要太相信任何人，為什麼要我錄音？你總不能毫無理由就叫我這樣做啊。」

「……」

「喂？你說話啊，你不說話我去你家找你喔。」

「就當作是我的直覺吧，相信我一次。」

這個出乎意料的答案讓謎團越滾越大，小恩那時只想儘早揭開謎底，卻從未想過隱藏在謎團背後的真相會讓自己掉入巨大的陷阱裡。

就在一個月後某天公司接到一則大新聞，說是小恩主理的那項標案成功得標了。總金額高達上千萬的項目就這樣順利得手了，公司照往例會特地舉辦慶功宴。

這次更是破例將慶功宴舉辦在五星級飯店裡，小恩還特別被夏姐告知要盛裝出席，她的內心其實很忐忑，畢竟從來都不曾參加過這樣隆重的場合，趁著慶功宴舉辦前三天趕緊到百貨公司採買行頭。

「這是今年最新推出的連身小禮服，很適合穿去宴會喔。」專櫃小姐露出皮笑肉不笑的專業表情，讓小恩渾身不自在。

以往最討厭碰到百貨公司週年慶，但現在她居然自己就身在其中，忍不住在心裡冷笑。明明就應該要開心的，怎麼卻無意間增加了許多煩惱。

這套禮服居然還要29800元？那個打折下來還要25800元，天啊，小恩拿著手機不斷來回算計著。

哎算了，還是在網上隨便買個二手的，或是乾脆用租的會不會比較划算一點？小恩心裡嘀咕著。走到四樓婦女服飾專櫃，想到已經好久沒有幫媽媽買新衣服了，趁著最近發薪水和獎金，乾脆來幫媽媽添購新衣服好了。才花了不到半小時，就已經買好媽媽愛穿的背心和羽絨外套，「這樣花下來才9000元左右，週年慶還真的蠻划算的。」莫名心滿意足地走回家，她一想到媽媽收到禮物後那臉又驚又喜的表情，光是想像就感到很開心。

剛走出電梯正巧碰到要去地下室倒垃圾的彭皓，兩人互看了一眼後，彭皓先開口說，「妳去逛街啊？」

小恩低頭看著自己手上提著兩個大紙袋回答，「嗯，對啊。」

「跟誰啊？漢娜？」

「不是啊。」小恩感覺自己好像受到審問。

「不是？妳一個人去喔？」

「對啊，我就喜歡自己逛街不行喔。」小恩沒有想再多聊，頭也不回的往家的方向走去。

「那個──你可以找我啊。」彭皓支支吾吾的說。

小恩回過頭狐疑的看著他。

彭皓接著說，「我就剛好有東西想買，想說有週年慶可以一起去啊，滿額還可以換贈品。」他說話的時候眼睛並沒有看向小恩。

「那是要有會員卡才可以換吧？」

「是嗎？」

「哎，你連這都不知道，還什麼滿額換贈品咧，我回去了，掰。」

小恩邊說邊笑著打開家門，這個笑容讓彭皓不禁想起那天夜晚。他看著小恩站在小七的飲料櫃前似乎很猶豫，最後只選了一瓶礦泉水。他也沒有多想直接買了兩瓶百香果香檳汽水追了過去，硬是將其中一瓶塞到她的手中。

大概就是從那個時候開始，心裡開始有了人，過去不在乎的小事，突然之間變得敏感起來。

公司慶功宴那晚，小恩和漢娜準時出現在飯店門口，眼看著典禮就要開始，但夏姐卻遲遲都沒有現身，「副董事長致詞後，就該到夏姐致詞了，她怎麼還不來？」

「我打了好幾通電話給她，都打不通啊。」黑哥焦急地走到漢娜身後，漢娜皺著眉頭接著說，「今天的慶功宴主角就是我們新媒體部，待會連董事長都會來，怎麼辦啊？總不能沒人致詞吧？」

小恩咬著唇不斷地低頭看著手機，還是沒有任何訊息。才一晃眼，副董已經笑眯眯地從台上走了下來，對小恩投以從未有過的溫柔注視。

主持人緩步上台，接連稱讚了副董的穿著和致詞之後，說，「接下來我們有請新媒體部的總主理人李沂恩上台致詞。」

什麼？眾人轉頭將目光看向正站在會議廳門口的小恩，漢娜吃驚的摀著嘴，用圓滾滾的雙眼看著她。

糟了，這到底是怎麼一回事，流程裡沒有說我要致詞啊。小恩腦子一片空白，她儘量裝作鎮定的走上舞台，深深吸了一口氣後，看著台下從董事長、副董到過去只在雜誌上看過的公司高層全都坐在台下瞪大眼睛看著她。

「大家好，我是李沂恩，是這次創意研究企劃案的主理人。」麥克風傳出的聲音陌生的連小恩都有點認不出來，她居然可以這麼淡定的說著冠冕堂皇的感言。

正當致詞快接近尾聲的時候，台下突然出現一陣騷動，接著每個人開始竊竊私語，最後就連董事長也忍不住拿起手機看著裡面的訊息，主持人見狀之後趕緊上台打圓場，而小恩則是被匆匆請下了舞台走到後台休息室。

小恩正納悶著到底發生了什麼事時，休息室的門被打了開來。彭皓急著衝了進來，拉著小恩轉身就走，小恩邊走邊問道，「發生什麼事了嗎？」

「我先帶妳回家，路上再跟妳說。」彭皓面色慌張的解釋。

「我不能這樣突然回去啊，你也知道我是這個標案的主理人，我這樣突然走了，部門裡的人怎麼辦？」

「妳先不要管那麼多，相信我好不好，等到消息都傳開就來不及了。」彭皓抓起小恩的手，頭也不回的走向大門。

「彭皓，你不要鬧了——」小恩用力甩開彭皓的手，轉身走回大廳。彭皓追過去大喊著，「妳白痴啊，妳被賣了妳知不知道啊?!」

「小恩啊，這到底是怎麼一回事啊？爆料公社上寫的這些事——」漢娜邊說邊將手上的手機拿給小恩。

一篇未署名的爆料文配上一張夏姐與創意研究院院長的照片，斗大的標題寫著：「知名老牌雜誌社綁標，私下賄賂現場照」，接著就是一連串「提案內容造假」、「劇本抄襲」等系列新聞一個個湧入。

彭皓把手機搶了過去說，「先別說那麼多了，等媒體找到這裡，小恩就有麻煩了，我先帶她離開。」

坐在彭皓摩托車後座時，小恩幾乎聽不到彭皓說的任何一句話。周圍只有風聲和夏姐信誓旦旦的保證。

這些到底算什麼呢？

口袋裡的手機不停的震動，但是她已經無暇顧及這些，不知道為什麼突然想起了媽媽那句話，「小恩啊，媽媽從來都不愛干涉妳去做喜歡做的事，重點是要快樂。」

快樂，怎麼這麼難？

一直到彭皓停下了車，她始終沒能弄清到底是哪裡出了問題。失魂落魄地走進大樓裡，彭皓拉住了她說，「妳還好嗎？我知道發生這種事情妳一定很不好受，若是妳需要……」

「沒關係，我只是覺得有點累而已，先回去休息了，謝謝你載我回來。」小恩邊說邊將手中的安全帽遞還給彭皓。

回到家中，小恩癱坐在沙發上閉著眼睛，心想著現在到底該怎麼辦？口袋裡的手機仍舊持續振動著，空氣裡突然好安靜，又來到了她最害怕的夜晚。

她原本想要先去洗個澡梳理思緒，但目光卻被鏡子裡的自己所吸引，動彈不得。

鏡子裡那個身穿米白色小禮服的人到底是誰。

臉上帶著連自己都感到陌生的妝，眼皮上貼著讓人疲憊的假睫毛，還有毫無毛孔細紋的蒼白膚色，這個女人看起來真是可笑。

為什麼明明已經很努力了，最終還是落得這樣的下場呢？

這樣鬱悶的心情要怎麼度過漫長的夜晚，她乾脆悄悄地換上了運動服，走到了離家不遠的天橋獨自望著橋下的車流。

突然她好像看到了一個身穿白襯衫的男子從捷運站口走出，是個熟悉的身影，跟她在夢中看到的男子一模一樣。

小恩靠著天橋往下一看，男子已經走遠，她愣愣的站在欄杆上發呆，突然一名男子伸手拉住她。

一轉身，是剛剛那個身穿白襯衫的男子，他大口喘著氣說，「妳在這幹嘛？」

瞬間，小恩僵直著身體不敢動彈，感覺男子緊抓著她的手不放，過了好幾秒後才回過神拉開男子的手。

「你是誰？」

「妳剛剛是不是想要跳下去？妳為什麼要那麼衝動呢？幸好我來了，真是好險！」男子喘著氣說著讓人費解的話。

小恩覺得這個人很熟悉，但目前這樣的狀況實在有些荒唐，他好像誤會了什麼，「我想你是誤會了，我沒有要跳下去，我只是在找個人。」

「找人？那妳站在欄杆上幹嘛？」

「就如同你看到的啊，我那麼矮，欄杆那麼高，我不站上去怎麼看得到底下？」小恩說完連自己都覺得像是種藉口。

「妳真的沒有要跳？」

「我發誓！」小恩舉起兩根手指信誓旦旦地看著男子。

男子終於露出了微笑，小恩注意到男子的手上戴有一個智慧型手錶，是個從未看過的設計，上面的造型有點類似倒數計時器，標示著04：49。

兩個人面面相覷了好一陣子，最後是由男子先開口了，「妳肚子餓不餓啊？我突然很想吃吐司夾蛋加肉鬆加花生醬配上番茄醬。」小恩又疑惑又驚喜地看著他，男子突然覺得有點不好意思，趕緊轉過頭四處張望繼續說著，「哪裡有賣啊？」

小恩忍不住笑了出聲，「這個要在外面買到其實有點困難……」

過不了多久，兩人一起走進了小恩的家，這是她第一次主動讓男生獨自到訪自己的家，重點是他們兩個才認識不到1小時。她放下包包示意讓男子坐在沙發上，自己則是走到冰箱拿出兩顆蛋。男子先是坐在沙發上東張西望，後來又起身到處走動參觀，最後停留在窗邊，安靜的看著月亮。

十分鐘後，小恩端著烤的金黃香脆的吐司，驕傲地走了過來，說，「你吃吃看吧，吐司夾蛋加肉鬆加花生醬配上番茄醬。」

男子開心的拿起吐司大口咬下，濃郁的花生醬配上吐司的香氣和蛋香，搭配的剛剛好，真是個不錯的宵夜選擇。

「太好了，總算吃到這個味道了，真好吃。」

「你也太誇張了吧，這些材料到處都有在賣啊，還是你不會煎蛋？」小恩坐在一旁喝著奶茶，不以為然地說道。

「不是啦，你不知道，在我那裡，很多東西都變得不是那麼天然，蛋啊、花生醬這種東西都已經變成膠囊，吃起來真的和這個差很多。」

「膠囊？你是住在外太空嗎？」

「我——」男子正要開口，手錶卻發出刺耳的警告聲響，他只好收回原本要講的話，低頭看著仍在繼續倒數的手錶，現在上面顯示著03：21。

「對了，其實我剛剛一直想問，你那個手錶設計好特別喔，就像是個倒數計時器一樣。」

男子面有難色地笑著，好像在想該怎麼回答這個問題，突然他回覆道，「原來比起我這個人，妳更好奇我的手錶啊，我那麼沒有魅力？」

小恩一愣，對啊，她都還不知道眼前這名男子到底是誰，怎麼就關心起他的手錶。

「喔，不是啦，說起來你可能會覺得有點奇怪，或是覺得我是什麼亂糟糟的女生，但我只是，覺得你很熟悉。」

「這樣很好啊！」男子隨意地脫口而出，自然地拿起吐司津津有味地繼續吃著。

小恩看著他，覺得這個畫面似乎有點奇怪，半夜三更有個陌生男子在她的家裡吃著吐司。

「誒，你這樣吃不會噎死啊？要不要配點什麼喝？」

「對，我正想跟妳說，麻煩來杯焦糖瑪奇朵好嗎？我突然很想喝。」

喜歡吃那麼詭異的吐司也就算了，怎麼連喜歡喝的咖啡也一樣，小恩站在原地盯著眼前的男子，一動也不動的仔細看著他。

男子轉過頭，一臉驚訝地問道，「怎麼了嗎？不是叫焦糖瑪奇朵嗎？還是我說錯了，叫Caramel……」

「不是啦，焦糖瑪奇朵我知道。」

「喔，那妳幹嘛這樣看著我，好像是第一次聽到這個名詞一樣？」

「沒事。」小恩搖搖頭轉身走進了廚房沖泡著兩杯焦糖瑪奇朵。

牆壁上的時鐘指著凌晨兩點半，男子手環上的手錶標示著02：05。

「好安靜喔，這裡。」男子似乎是刻意在空白的對話處填上適當的句子。

「這裡是巷弄，晚上都很安靜。」小恩若無其事地回答。

「妳不會害怕嗎？」

「？你指的是？」小恩不解地問。

「安靜。」

「為什麼要害怕？」

「太安靜的時候，容易聽見自己的聲音。」

小恩突然想起今天晚上在還沒碰到眼前這名男子之前，那些可怕的遭遇，明天一早還要面對各種奇怪的質問。她低著頭陷入沈思，擔憂的握緊手中的咖啡杯。

「一切都會變好的，不管現在看起來有多麼糟糕！」

她抬起頭看著男子堅定的眼神，這個連名字都不知道的陌生人，到底憑什麼這樣說，可是即便眼前的場景有多麼荒唐，卻還是讓她打從心底感到既溫暖又安心。

「我們之前是不是有見過啊？」小恩忍不住脫口說出藏在心裡的疑惑。

男子看了一眼小恩，回覆，「或許吧。」便低頭喝著手中的咖啡。

聽完了他的回答，小恩笑了出聲，男子回過頭看著她問，「笑什麼？」

「聽起來好像是我在跟你搭訕一樣。」小恩難得的自嘲著。

「是一種熟悉的感覺吧？就是那種看了一眼就知道這個人和我是不是同個星球的人。」男子接續了話題，激起了小恩的好奇。

她低著頭看著手中已經見底的咖啡杯，像是突然想到什麼似的開口說，「那真的挺難得的，我常常覺得自己不是這個星球的人，不然我怎麼會對這個世界有那麼多疑惑和難以理解的地方？」

「可能只是不小心偏航了吧？」這樣奇怪的話題男子竟然也可以自然的接續下去。

「什麼意思？」

男子歪著頭很努力在找適當的解釋，轉頭隨意拿起放在餐桌上的小公仔，邊擺弄著它，邊說，「妳看喔，我們每個人都是第一次來到地球上，但是呢，偶爾，真的會很偶爾的時候，會這樣走著走著迷失了方向，然後自己一個人孤零零的跑到了另一個星球。雖然那個星球乍看之下只有妳自己一個人，妳會覺得寂寞、難過，甚至相當落寞，但是其實說不定當妳再往前走一點，再走進一點，妳就可以看到其實星球上不是只有妳一個人，妳會找到同伴，然後妳可以跟著他一起回到地球上。」

說完後，他滿意的看著眼前被他搖晃許久的公仔，似乎對它很是好奇。

小恩挖苦般地說道，「你是在說故事嗎？」

「妳不相信嗎？」

小恩用力地搖搖頭說，「不是，我很希望是真的。」

「那就讓它變成真的不就好了嗎？」

她笑了，歪著一邊頭說，「所以我現在是已經回到地球了嗎？」

他拿起手中的公仔，放在小恩的眼前說，「那要看看是不是已經有人把妳帶回來了啊？」

兩人默契的相視而笑，一種不言而喻的感覺瀰漫著整間房。

叮咚——刺耳的電鈴聲響起。小恩瞇著眼看看四周，外頭灑下明亮的陽光。她感覺自己好像睡了很久，下床之前還左右搖晃了腦袋，隨意拿起椅子上的外套走去開門。

迎面而來的是一頭亂髮的彭皓，「妳，妳還好吧？整夜都不接電話，是生病了嗎？還是？」

小恩揉著眼仔細看了看，這還是第一次看到彭皓這麼頹廢的裝扮，帽T上的綁繩一個長一個短，配上超不搭的海灘短褲加拖鞋。

她大笑著說，「你這什麼鬼造型啊？」

彭皓有些惱怒的回覆說，「什麼鬼造型，我都還沒說妳呢，妳——」

「大哥，今天是週六，難得讓我偷個懶不行啊？」小恩打著哈欠轉身準備回房，卻被彭皓一把拉住，說，「妳還好嗎？」

她轉過頭，像是在觀察什麼奇怪生物，接著說，「很好啊。」

關上門後，小恩愣愣地坐到沙發上，下意識想起昨晚發生的一切。來路不明的男子莫名說要吃吐司，還一起喝了焦糖瑪奇朵，坐在這沙發上看著月亮。

可是最後，他到底是怎麼走的？她低頭嘀咕著，卻怎麼也想不起填補空白的記憶。

拿起手機，裡面跳出79通未接來電和38封未讀訊息，更可怕的是將近200多條的LINE。

深呼吸一口氣後，小恩隱約感覺到似乎曾經有個人溫柔的摸著她的頭說，「沒事的，別擔心。」

好像是他，昨天那個人。

該面對的，怎麼逃也躲不過。小恩點開一個個未讀訊息，幾乎是花了一整天的時間回覆，她想過最壞的打算就是引咎辭職，但是又怕消息如果傳到媽媽那邊，這就不好用謊言帶過了。

人出了社會就是這樣，無論在外過得好與不好，回到家之後都希望家人什麼事也不知道。因為只有這樣自己彷彿才能假裝沒有事的過下去。一直忙到傍晚，小恩這才將彭皓從早到晚傳給自己的訊息點開，一共有16則未讀。

**9：45（笑臉貼圖）**

**9：58在幹嘛？**

**10：32吃過早餐了嗎？**

**11：45要不要喝咖啡？**

**11：46（貼圖）**

**12：33要一起吃中餐嗎？**

**13：29妳還好嗎？**
**13：30（貼圖）**
**14：47有需要幫忙的跟我說一聲**
**15：13妳該不會一整天都在睡吧？**
**15：14（貼圖）**
**16：00誒，睡醒了跟我說一聲，一起去散步吧**
**16：38哈囉有人在嗎？該不會是把我封鎖了吧？**
**17：05有正事跟你說**
**17：08一則錄音檔**
**17：09這個妳存好，以備不時之需**

以備不時之需？小恩看完訊息後急忙衝到彭皓家門口，連續按了好幾次電鈴都沒有人回應。她再次點下錄音檔，仔細聽了裡面的對話，是某天小恩被夏姐叫到樓梯間商量投標案的事。檔案還沒播完，彭皓正從電梯口走出，「誒，總算見到人影了。」

「這個，是什麼意思啊？」

「妳沒聽嗎？」

「聽了，所以才不知道是什麼意思啊。」

彭皓搖著頭比了自己的家，示意讓小恩進屋再說，她跟了進去，急忙問道，「現在你可以說了吧？」

「還記得我那天和妳在居酒屋說過的話嗎？」

「你是指——錄音的事？」

彭皓拿起杯子裝滿水，回答，「看來記性還不錯。」

「所以你這是，幫我錄的音？」

「對啊，不然妳老是那麼不相信我。」彭皓一臉委屈地說道。

偌大的屋子內只留下夕陽西下的餘暉，小恩將手機拿到耳邊來回將錄音檔聽了三遍。

「好了，這個只是證明了妳和這件事無關，但難保往後還會有什麼奇怪的黑鍋甩到妳身上。」

「那個，謝謝你啊。」小恩低著頭說了這句難為情的感謝。接著又像是突然想到什麼說，「不過，你怎麼會這麼突然的叫我要錄音？這是巧合嗎？」

彭皓刻意迴避小恩質疑的眼神，漫不經心地說，「就直覺啊，妳管那麼多。現在重要的是妳要怎麼利用這個證據吧？」

小恩這才想到現如今的狀況，她確實沒有太多心力可以顧及那麼多，「可是老實說，我真的不知道該怎麼辦才好。」

「妳今天把自己關在家裡一整天，我還以為妳是有想出什麼對策咧，結果，果然還是原來的妳啊。」彭皓苦笑地說道。

「你少在那邊挖苦我，換成是你，你會怎麼做？」

「很簡單啊，直球對決，攤牌就好啦！」彭皓還是那副人小鬼大的樣子，小恩簡直氣得要翻白眼，直接回嘴說，「你這算哪們子對策啊？有說跟沒說都一樣。」

彭皓這才乖乖坐好，換上一副認真的表情說，「說真的，妳不會覺得很委屈嗎？」

這樣的問題，還真是讓小恩一時之間也答不上來。她只好接過彭皓遞來的水杯默默地喝著。

「如果妳想不到對策的話──」

「當然委屈啊，人生第一個投標案，第一次當主理人，第一次解鎖了新的技能，第一次離夢想那麼近了，但現在，說沒有就沒有──」

「現在妳不是有了證據了嗎？這可以幫妳洗清污名啊。」彭皓說。

小恩笑著點點頭，但眼神裡還是充滿著落寞的樣子，她不想多說什麼，於是他也不敢進一步多問。就這樣一天又過去了，但謠言還是如雪球般越滾越大，網路上各種可怕的推論和批評早已席捲公司，搞得公司不得不嚴正發聲，表明定會找出真相，絕對不允許抄襲以及賄賂事件發生，絕對嚴辦此次事件。

這已經是第三週沒有看到夏姐的身影，自從小恩將錄音檔交給負責承辦事件的律師後，辦公室裡始終瀰漫著奇特的氛圍。除了中午會一起吃飯的漢娜和彭皓，其他人見到小恩就像是看到某種可怕生物一樣，盡可能避免接觸。

好不容易苦熬到了星期五，小恩忍不住在居酒屋裡大吐苦水，「我怎麼老是覺得事情還沒有落幕啊？」

「不是都已經交由相關律師處理了嗎？夏姐也被調查啦，已經沒事了啦，放心吧。」漢娜還是老樣子，大口吃著剛上桌的洋蔥圈。

小恩將視線看往周遭，看樣子今天沒有其他部門的人來訪。

「除非夏姐願意公開道歉，不然我覺得事情不會這樣就落幕。」彭皓一本正經地說著。

「你這話是什麼意思啊？難不成夏姐還要反咬一口？證據不都已經交了，還有什麼好否認的？」漢娜著急的回覆。

「別忘了，夏姐在這一行做了多久？小恩妳又做了多久呢？」

小恩恍神的看著彭皓，默默地說，「兩年半？算三年了吧。」

「對了，這就是問題。」彭皓指著小恩，繼續補充說，「妳想，她習慣抄襲這件事應該也不是一天兩天的吧？更別說暗地裡讓屬下背鍋或是自行綁標等，妳覺得這些事真的沒有人知道嗎？」

漢娜歪著頭，看向小恩，突然像是想到什麼回過頭說，「你是說，有人暗地裡包庇她做這些事？」

彭皓終於恢復往常的笑容，順手拿起了酒杯對著漢娜說，「難得，妳的腦子還不算太差。」

漢娜第一次忍住翻臉的衝動，直接搶過彭皓手中的酒杯說，「你有事嗎？這種時候你還有心情喝啤酒啊？若真是這樣那你給的錄音檔又有什麼用啊？那小恩豈不是會變成下一個孫靖？」

雖然不是從沒有想過這件事的可能性，但當這些事情真的發生時，小恩這才知道原來職場鬥爭是真的要人命的。

**LINE新訊息通知**

**夏姐：小恩，晚上六點下班後可以來我家嗎？**

**我有話跟妳說**

收到訊息時，小恩看了一下桌面上的時鐘顯示4：39。

「小恩，可以幫我看一下這次標案的封面要選哪個好嗎？」黑哥的聲音漸漸飄散在空中，轉身走到彭皓的部門，示意讓他去樓梯口碰面。

「怎麼了嗎？」

小恩點開夏姐的訊息，彭皓認真的看了一眼說，「妳要去嗎？」

「我不知道，但好像也沒有說不去的理由。」

樓梯間的門突然被打開，三樓的行政阿姨沒有表情地從彭皓和小恩面前走過。

「在這裡說好像不太方便，總之，我應該會去。」

「要我陪妳去嗎？」彭皓擔心的問了問。

「你幫我一個忙就好。」小恩像是早有計畫，向彭皓露出詭異的微笑。

到了夏姐家門口，小恩下意識看了錶，6：38，確認了最後一次的訊息內容，上面寫著：

**你到我家門口，跟警衛說找九樓的夏姐，他就會讓妳進來了**

小恩照著上面的話，警衛果然沒有多問什麼，還一路陪著她走到電梯口。

叮咚——按下門鈴後，小恩側耳聽見屋裡傳來夏姐的聲音。

開門後，夏姐的臉色並不好看，少了以前讓人厭煩的假笑。小恩突然覺得有點不習慣，恍神了一下後才走進了屋內。

除了客廳開著燈，屋子四周都是陰暗的黑。小恩下意識的拉緊了包包，準備隨時跑離現場。

夏姐有氣無力地說著，「妳坐吧。」

小恩這才將視線從其他黑暗角落挪開，背著包包靜靜地坐下。

「最近公司還好嗎？」夏姐銳利的眼神看了過來，搞得小恩渾身不對勁，小聲的說，「嗯，還可以。」

夏姐露出了令人不安的微笑說，「妳就不好奇我不在的這幾天都是去哪了？」

小恩還是低著頭，沒有說話。

「我下南部去了，幫我兒子慶生。」眼見小恩還是沒有預期的反應，夏姐只好自己唱獨角戲，說，「妳知道我為什麼今天要找妳來嗎？」

這個問題讓小恩不得不給出反應，回答，「不知道。」

終於聽到小恩的答覆，夏姐得意洋洋的說著她早已準備好的台詞，「因為我想讓妳知道，之前發生的那些事對我來說一點影響都沒有。我還是會繼續過著自己的生活，我還是會很穩健的待在這個行業裡，誰也不能把我扳倒。」

「嗯，我知道。」小恩肯定的語氣反而更激起夏姐的怒火。

「像妳這樣只知道賣弄自己小聰明的人，憑什麼認為可以就這樣打垮我？什麼錄音？什麼證據？小朋友啊，妳還是太年輕了啊。」

聽完夏姐一口氣說著那麼多話，小恩突然將握緊拳頭的手漸漸鬆開，從包包裡拿出手機打字。

「妳不會是還想從我這邊挖到什麼證據吧？妳要知道，即便妳拿了錄音檔也不能當作證據，因為這個職場就是這樣——」夏姐的話還沒說完，小恩便拿起包包站起身來準備離開。

「少在那邊裝模作用，剛剛偷拍了什麼對吧？妳這樣滿腦子壞主意的人我見多了，怎麼可能就這樣空手離開。妳肯定是拍了什麼對吧？隱藏攝影？錄音？還是什麼其他存證的東西？」

夏姐瞪大著眼睛，繼續用著鄙視的眼神看著小恩。

小恩冷笑了一聲，說，「我沒有要蒐集證據，更不可能偷拍妳，因為我知道這些證據是沒有用的，但合約不會說謊，白紙黑字寫得很清楚。」

夏姐頓時煞白了臉，不可置信的看著小恩繼續說道，「重要的東西妳絕不會放在家裡，妳放在辦公室裡的文件，我已經託人拿走了，所有自白妳留著對檢察官說吧。」

正當小恩走向門口時，夏姐從後面大聲喊道，「不可能，妳在騙人吧，那東西妳怎麼可能拿得到。」

「妳應該是要問，我怎麼可能會知道保險櫃的密碼對吧？」

夏姐啞口無言，瞪大著眼睛，小恩補充說，「託妳的福，我也是剛剛才知道的。」小恩邊說邊指著餐桌上的筆電，桌面上是夏姐和她兒子甜蜜的合照。

「對妳來說，最寶貝的就是妳的小兒子了，０５３０，妳下台南的那天，是他的生日對吧？如果我猜得沒錯，他的生日剛好就是密碼了。」

走出夏姐的住處以前，小恩撇了一眼夏姐的臉，那張沒有靈魂的身軀，已經死死地釘在了原地。

回程的途中，小恩想起了那天晚上發生過的事情。

那個莫名到來的陌生男子，在模糊的記憶裡曾對她說過，「有些事情，不是只有隱忍就會結束，就算不是為了自己，也要為了保護身邊的人，勇敢站出來。是時候反擊了，不是嗎？」

小恩不太記得自己到底怎麼回答的，只記得下個片段是她躺在了沙發上，男子輕輕地摸著她的頭，溫柔地說著，「我要走了，希望妳今晚不要再失眠了。」

小恩立刻抓起他的手，說著，「不要走，我討厭一個人。」

男子握住她的手說，「放心，我們一定會再見面的，我已經找到方法了。」

到站的鈴聲喚醒了小恩的思緒，她看著彭皓傳來的訊息，上面寫著：「都搞定了。」

終於，一切應該要落幕了。

# 第六封：好的別離比壞的別離更讓人難過

「我真是服了妳誒，妳怎麼就敢單獨一個人去和夏姐對峙啊？」漢娜大聲叫喊著，惹得居酒屋每個人都投以異樣的眼光。

小恩聳聳肩看向彭皓，接著說，「反正我相信你們，一定可以幫我的，謝謝啦，神隊友們。」

「妳都不知道，昨天彭皓跟我說這個計畫時，我整個嚇得就要腿軟了，居然要我這個膽小鬼做這樣危險的事。」

「拜託，只是叫妳幫我把風而已，哪有什麼危險啊？」

「當然危險啊，萬一董事長還是誰突然來怎麼辦？」

小恩笑著說，「我早到想到了，董事長昨晚去台中出差，至於其他可能會來找夏姐的人都是超準時下班的人，絕不會在公司待到那麼晚。」

三人碰杯之後，彭皓補充問道，「可是妳是怎麼猜出來最關鍵的文件一定會在她的辦公室裡呢？」

小恩歪著頭，一臉得意的說，「夏姐是個會將生活和工作黏在一起的人，加上她又常常需要出差，她的辦公室基本上就是她的家，重要的文件肯定會放在那裡。」

漢娜和彭皓同時露出了佩服的表情，惹得小恩只好繼續喝著啤酒掩藏尷尬。

簡單慶祝一下後，小恩和彭皓一前一後地搭著捷運走回家。路上，彭皓忍不住走上前問，「妳後來怎麼會突然想要反擊呢？」

「？什麼意思？」

「就……和妳討論計畫的那天晚上，我把所有從網上還有駭客那邊買來的資料都交給妳了，妳明明就可以拿這些當作證據好好扳倒夏姐，可是妳那時卻拒絕我了啊。」

「沒有為什麼啊，只是覺得如果選擇什麼都不說，那這件事之後肯定會沒完沒了。就算不是為了自己，也要保護身邊的人啊。」

說這句話時，小恩不自覺回想著那天晚上對她說話的那個陌生男人。

彭皓有聽沒有懂的繼續跟在小恩身後，在走出捷運站口，經過天橋時，小恩突然想起那個失落的晚上在天橋上遇到的男孩。

他的臉孔和說話的語氣、安慰人的方式，為什麼會這麼熟悉。

該不會是他？——「Night Boy」。

自從開始使用《晚安信》之後，小恩覺得自己變了好多。像是終於學會了釋放情緒。

以往每天的黑夜，通常都是一天當中最害怕的時刻。但自從遇見了Night Boy之後，她變得開始期待著黑夜降臨，期待著他的回信，期待著一個不知道存在於何方的他，會怎樣和自己聊起生活與故事。

一天一天，總是這樣漫無目的的閒聊，似乎天底下發生再大的事，都有人可以替自己扛著、替自己分擔。

但是這樣的日子，可以維持多久呢？

到底該不該把自己心中這份感覺傳達給他呢？

小恩一整個晚上都在想這個始終縈繞在腦海裡的問題。

在準備回信之前，小恩反常的坐在書桌前，將心中所想寫在一張空白紙條上，就像在替自己的告白打草稿一樣，寫好了又改，好像怎麼寫都沒辦法真正表達出這樣的感受。

不知道為什麼，自從聽到Night Boy說APP系統有些問題時，內心就開始感到不安。怕是再不回信，恐怕就會錯過了。

**有些錯，可以用一輩子的時間彌補，但有些錯，過去了就是一輩子了。**

「算了，沒有選擇了。」小恩深深吸了一口氣後，打開《晚安信》點下回信。

**To: Night Boy**

不知不覺與你通信也有好一段日子了，一直都很想跟你說，這些日子我真的很開心。

我常常在想，現實世界的你到底是誰呢？

我們是不是有見過面？就在那天晚上。

**這樣說或許會有點唐突，但其實我想說的是，在過去這段與你通信的日子裡，我似乎是不斷地接受著你的安慰，一昧的對你吐露心聲。你像是一個比我還了解我的人，總是能用全知的視角看待我的所有醜陋與不足，但我卻從未真正了解過你。**

**可不可以請你告訴我，你到底是誰？**

**如果你願意，我們能否見個面呢？**

**期待你的回信，就像之前一樣。**

**ID：無法入睡的可憐蟲**

夜幕降下，月亮高掛在天空一角，玻璃上映出小恩失落的身影。

小恩想著，以前夜晚失眠總是有很多原因，但遇見他之後，突然發現所有原因都能歸結成一點——原來我真的好想他。

等待，曾是最討厭的事。但現在，卻變成一天當中最期待的事。

最怕喧囂過後，過於狼籍的孤獨。別人的一天，想必都已經過去了。這世界彷彿只剩下小恩一個人，反覆困在今天、今夜。她感覺一天還沒結束，似乎才剛剛開始。於是她忍不住思考著那些過往反覆思考的事。

是有什麼事還沒有做？

還是受到什麼懲罰？

為什麼一天總是過得特別長？

這些困惑在夜晚越攪越黑，最後變成一層厚厚的雲團，下了整晚的雨。

再次，又失眠了。

心裡很空，彷彿過往的某一角被狠狠地撕開了。

幾乎一晚都沒睡，終於在清晨時收到了回信。

小恩努力壓抑著自己悸動不已的情緒，在房間來回踱步了一段時間後，總算靜下心來點開收件匣。

**該說的話。**

信件的開頭就寫了這四個字，小恩毫不遲疑的將信件點開。上面寫著：

**有件事，我必須和妳說。**

**因為妳說，我們要對彼此坦誠，所以我不想再隱瞞妳任何事情。**

**我是Night Boy，本名叫做魏尤里。在我的世界裡是一名網路作家。**

**但妳可能不曾聽過我，因為妳我身處在不同的時空裡。**

這，到底是什麼？

小恩緊握著手機，一次又一次看了信件中的文字。

不同的時空裡？

**妳必須認真的把這封信讀完。**

**我知道妳一時之間肯定很難理解，就連我也是花了很長的時間才搞清楚我們之間究竟產生了什麼關聯。**

小恩這才發現，原來故事居然還有另外一個版本。

故事就發生在三個月前，00後網路暢銷作家魏尤里連日飽受著網上莫名而來的批評浪潮。有的說他不配做暢銷作家，有的批他的文章簡直就是垃圾，還有冷言嘲諷像這樣的文筆也配當作家。網路霸凌不分晝夜襲擊所有與魏尤里有關的生活。

「他們都說我是抄襲，但這明明就是我的原創作品，為什麼要這麼詆毀他人辛苦的傑作。」魏尤里萬念俱焚的滑動著網上負面如潮的訊息，每篇留言都像是一根根毒針用力地刺進他的心臟。那時每天的夜晚成為他的夢魘。他變得越來越害怕睡覺，關了燈，世界全是一樣，又黑又暗。他越寫越是懷疑自己，心想，難道我寫的文章真的就這麼糟糕嗎？

過去寫作曾是他最熱愛的興趣，現在只要每天一打開電腦，腦海裡總會出現無數種批判的字眼。他無法再繼續寫作下去了，這個曾經讓他感到快樂的源頭，如今卻是一種折磨。就在他打算放棄寫作這一職業的時候，無意間在網上看到一篇文章，裡面寫的內容莫名吸引著他的注意。

**「文字可以說是創作者相當有力量的工具，我們都說文字可以殺人，像是網路上那些可怕的『酸民』或是『PTT大軍』。但卻沒有人真正想過，其實文字，也可以救人或者是帶給一個陌生人不一樣的安慰。」**

這……魏尤里忍不住點開這則貌似人物專訪的新聞。

**「大概是在我剛出社會沒多久的時候，透過朋友的介紹下載了一款名為《晚安信》的APP，當時在這APP上認識了一個陌生人，與他通信的那幾個夜晚，意外的對我的生活造成莫大的幫助。不僅治癒了長久以來困擾我的失眠問題，還讓我對自己再次產生信心。雖然我到現在都沒有親自見到這個陌生人，但如果有機會，我真想當面跟他說句感謝。」**

「《晚安信》？這是什麼東西？」

魏尤里好奇的點開搜尋欄目，正前方的牆面上立刻投射出搜尋結果。在頁面的最下方有個奇特的標題寫著，「一個有點瑕疵的長銷款APP《晚安信》。」

他沒有多想，直接點選下載的按鍵，才一下子月亮方格的圖案就已經顯示在手機桌面。才剛剛開啟APP立刻就收到一封陌生的來信，寄件者寫著：「無法入睡的可憐蟲」。

**就在幾個月前，我第一次收到妳的來信。**

**好奇心驅使下我回覆了妳的信件，就這樣，接續了我們的故事。**

**但是日子一天天過去，我對妳的好奇日益加深，但與此同時我又深深覺得我們之間好像有種隔閡。那時我也不明白這種隔閡究竟是什麼意思。**

**後來我才知道，原來，我們不屬於同個時空。**

**妳在二〇二〇年，而我這，是二〇四〇年。**

**所以妳總是說，很喜歡我可以用一種全知的角度很客觀的為妳分析所有事。**

**也總是能輕易接住妳的矛盾與悲傷。**

**那都是因為對妳來說這些未來的事，就是我的現在。**

**妳在我的世界裡是個很厲害很受人敬重的人。**

**這一點妳根本不用懷疑……我……**

……#%%^%&^*（）*）（）—（—）&*^&^$%^$^

#%%^&*&**）（）—（（&*&&%^$%^*&（—））

螢幕上的字開始變成一堆難解的亂碼，接著，這封信消失了。

小恩腦海一片混亂，這些字這些故事就像是在說著別人的事。她急忙地將《晚安信》關閉後重啟，來來回回用了不下十次。突然間，《晚安信》冒出許多奇怪的文字，有中文夾雜韓文，還有韓文和日文共用，另外還有一些像是甲骨文的字型也都一一浮現。小恩驚恐地丟下手機。不斷在腦海裡想著剛剛收到的信件內容，什麼叫做另一個時空？什麼叫做來自未來？

他是在跟她開玩笑嗎？是為了不想與她見面胡亂編扯的藉口吧？還是他的網路出現故障？還是《晚安信》APP被駭客入侵？

才短短幾秒鐘，腦袋裡便出現上千種推測。推測與情緒相互糾纏著，就好像理性與感性在打架。誰也沒能分出勝負。因為這一切有太多難以理解的地方。小恩急忙拿起筆電，在搜索引擎頁打上「魏尤里」三個字，可是什麼也沒有出現。

他就像一個空白，沒有留下任何存在過的印記。小恩曾幻想過千百種與**Night Boy**相遇的場景，但沒有一種是現在這樣，全是空白。這些日子、無數溫暖她的話語，不小心闖入心中的那個人，居然根本就不存在。

人是個奇怪的動物，越是害怕發生的事就越是容易讓它發生。只是這一切，來得太突然，沒有任何徵兆。她的視線開始變得模糊，眼淚就這麼不自覺的落下。小恩不喜歡哭泣，顯得自己軟弱。可是這次不一樣。她忍不住潰堤的眼淚，就這樣放聲大哭了出來。

為什麼？為什麼她到現在才發現，自己和魏尤里之間竟然沒有留下一點屬於他們的東西。

除了回憶……

這點東西究竟值多少錢？

小恩努力找尋任何可能證明他存在過的痕跡，一封信也好，哪怕只有一句話……。

剎那間，她突然想到，彭皓似乎對ＡＰＰ有過研究，說不定可以幫她把過去的檔案備份起來，或是其他任何一點幫助都好，讓她可以找到魏尤里。她匆忙拿起手機，急著朝隔壁走去，按下門鈴。

過了一陣子都沒人回應，小恩不死心繼續按著門鈴，像是在向彭皓發送求救信號。

終於，在小恩準備按下第三聲時，聽見門鎖轉動的聲音。彭皓神情嚴肅的看著小恩，一句話也沒有說。小恩看著彭皓就像好不容易找到熟悉的人一樣，止不住想哭的情緒，哽咽著說，「彭皓，你幫幫我好不好，幫我找一個人。我……找不到他。怎麼辦？」

彭皓愣愣的看著淚如雨下的小恩，反常地的說了句，「先進來吧。」

他從廚房裡到了一杯水，遞給小恩。

但小恩的情緒還是很激動。她不斷緊握著手機，好像深怕會失去些什麼，或是她已經失去了什麼。

「彭皓，你不是有研究過ＡＰＰ嗎？你可以幫幫我嗎？就是那個《晚安信》，你介紹給我的……我……」

彭皓面有難色，始終不發一語。

「彭皓，我……我是真的不知道該怎麼辦，我知道這個要求很奇怪，我一時之間也搞不明白，為什麼好好的一個ＡＰＰ會突然變成這樣，我之前的對話，和……那個人的對話，都不見了……」

小恩斷斷續續的努力解釋著今晚發生的一切。她根本還來不及細想這件事的來龍去脈，但就是有種直覺讓她感到很不安。

彭皓仍舊低著頭，一副心事重重的樣子。

小恩這才發現，從進門到現在，彭皓幾乎沒有說過半句話，「我……是不是打擾到你了？對不起。我，我也不知道該怎麼辦才好……」

「小恩，」彭皓終於開口了，「妳真的這麼喜歡他嗎？」

小恩一時還無法會意過來，她之所以那麼慌張，那麼害怕，是因為喜歡？

「我，我其實不知道。」

「你們不是從來都沒有見過面嗎？」語氣聽起來像是在質問。

「我，我也說不清楚對他究竟是什麼感覺，但是，」小恩看著彭皓惱怒的眼神，她明白彭皓為什麼不能理解，但是感情，當事人都不理解的事，又要怎麼讓別人理解。

「我呢？妳對我又是什麼感覺？」

「我……」小恩不明白，為什麼要在這個時候問她這樣的問題。

「我喜歡妳，妳一直都知道不是嗎？可是妳一直在閃躲，我不懂，我就在妳身邊，為什麼還是選他不選我？」彭皓的眼裡閃著淚光。

這是小恩第一次發現，眼前這個男孩變得好陌生。她垂下眼，靜靜地擦拭著臉頰上的眼淚。

「彭皓，對不起。我，沒有想太多，就只是我自己也不知道，對你……」小恩反覆斟酌接下來要說的每一個字，她知道不管自己再怎麼小心翼翼，已經造成的傷害，是很難癒合的。

彭皓站起身來，努力讓自己恢復平靜。

「對不起，若是打擾到你，我跟你道歉，我自己再想想辦法好了……」小恩沒有想到，她原本是想找彭皓幫忙的，卻意外促成了這場鬧劇。

突然間，耳邊傳來一句低沉的呢喃，「是我刪的。」

冷淡的語氣，彷彿這句話不是出自於彭皓的口中。

「什麼？你，剛剛說了什麼？」小恩不可置信的看著這個聲音的來處。

「我說，《晚安信》還有你和那個人的信，全都是我刪掉的，就在剛剛。」彭皓面無表情地說出這句話，像是在自我告解。

「為什麼，這……到底是怎麼一回事？」小恩站起身，靜靜地走到彭皓身旁。

只見彭皓緊握著拳頭，嘆了一口好長的氣，說，「看來，故事由我開始，也該由我結束。」

「還記得我第一次跟妳介紹《晚安信》嗎？這根本就不是什麼公司的投資項目，是我開發的，大一的時候，我和幾個死黨無聊一起研發出來的。當時覺得沒什麼，就是個陪人聊聊天的ＡＰＰ，所有夜晚不睡覺的陌生人，就這樣在一個不知名的ＡＰＰ裡相聚。玩了一陣子覺得有些膩了，我就把它關了，沒有再繼續用了。」

小恩吞了吞口水，注視著眼前陌生的男孩，腦海中不斷回想著過去的一切。

「那……為什麼我？我的意思是，那我用的那個APP是什麼？」

「是因為妳，讓我開始想要真正認識一個人。」彭皓的眼神裡含著後悔的淚水，「可是我知道，如果和妳面對面說話，妳肯定會感到不自在，所以我就在想，或許我當初設計的這個APP可以幫助妳，即使只是躲在手機後面與妳當網友，我也覺得這樣做可以更了解妳一點。所以我就找了個機會將《晚安信》介紹給妳。」

小恩遲疑了好久，想搞清楚整個故事的細節，「可是，你又是怎麼知道我真的會用呢？」

「因為……」彭皓遲疑了一會兒，說，「我們都是同一種人，害怕夜晚卻又不甘寂寞。」

小恩像是被人說中了心聲，緩緩坐回沙發，沒有回答。

彭皓接著說，「我知道妳一定會用，所以妳寄的第一封信，是我收到的。」

「什麼？所以？你就是**Night Boy**？不，難道你是魏尤里？」

「不是，我說有收到妳寄的第一封信。但之後，雖然我有陸續收到妳寫的信，可是，事情開始有了變化。」

小恩顫抖的眼神顯示著不安，她絲毫不知道自己接下來需要承受什麼樣的真相，只是覺得自己走入了一段又深又暗的隧道，像是迷了路，又像是迷失了自己。

「李沂恩，接下來的話妳聽仔細了。我的ＩＤ名稱就叫做**Night Boy**。但是，我並不是魏尤里，而魏尤里是誰我自己也不知道。」

房間裡頓時湧起了一陣靜默，就連彼此啜泣的聲音都聽得一清二楚。

小恩站起身，走到玄關時，又像是忽然想起什麼一樣，回過頭看著彭皓說，「你現在說的，我沒有一個字聽得懂，什麼叫做你是**Night Boy**，卻又不是魏尤里？那跟我通信的到底是誰？魏尤里又是從哪冒出來的？」

片刻沉默後，彭皓緩緩地站起身，「我從開發這個APP到現在，在網路上的ID都是叫做**Night Boy**。我起初也想用這個ID繼續和妳默默通信，想著直到有一天妳願意真的接受我，或是哪天我真的能鼓起勇氣面對自己的感情，我再親口告訴妳真相。可是，大概從第三次還是第四次通信開始，我的ID突然多了個新的人，那個人就是魏尤里。」

「你和魏尤里的ID重複了？」小恩瞪大著雙眼看著眼前越漸模糊的彭皓，他的神情與夢裡的那個男孩交疊著。

彭皓不敢注視著小恩，只是低著頭繼續把話說完，「他和我幾乎在同一時間用著同樣的ID與妳通信。有時是我收到了，有時是他收到了。但大部分時間，我都是看著你和他在對話……就像是個第三者。」

「這，這太……你一定又再跟我開玩笑吧？怎麼可能會出現那麼大的BUG？你不是開發APP的人嗎？有人跟你一樣的ID這麼荒謬的事情……」小恩看著彭皓滿是無奈的神情，不像是在說謊。

「我知道妳很難相信，就連我現在也搞不太清楚到底怎麼會變成這樣……」彭皓的語氣裡，沒有一絲笑意。

「那你，又是怎麼知道魏尤里這個人？」小恩回過神，繼續努力拼湊這片殘缺的真相。

「我開始發現不對勁後，就找了許多開發APP的朋友，幾乎動用了我身邊所有的資源，可是奇怪的是，後台裡根本就沒有出現這個人的任何資訊，就像是個從天而降的人，一點訊息都沒有。」

小恩努力回想著與魏尤里之間的信件內容，截至今天，是第九封。可是無論小恩怎麼想，始終搞不明白，魏尤里究竟是在什麼時候出現的？如果第一封信件給的是彭皓，那魏尤里第一次收到的信是哪一封？哪一封是魏尤里寫的？哪一封是彭皓寫的？到底這場鬧劇是從哪裡開始的？太多的疑惑充斥著整個事件。小恩緊閉雙眼，掙扎的想著過去發生的一切。

「我其實……」彭皓朝著小恩靠近，試圖為自己荒唐的行為解釋。

「所以，你從很早就知道魏尤里這個人，那你為什麼不告訴我呢？」

彭皓看著小恩含著淚水的模樣，嘆了口氣說，「答案，妳不是比我更清楚嗎？」

兩個人注視著彼此，卻沒有人肯說出答案。小恩啞然，只好奪門而出。她不知道面對這樣混亂的情況該用什麼方法平復情緒。魏尤里消失了，《晚安信》也沒了，就連曾經很要好的朋友，也漸漸失去當中。

我到底，對他們做了什麼？小恩自責地蜷曲在房間角落。

夜幕降臨，卻再也沒有人可以相伴。小恩努力壓抑著自己快要崩潰的情緒，她覺得好累好累，過去她總是一個人。

**一個人面對擁有與失去。**
**一個人習慣開始與結束。**
**一個人享受歡鬧與孤寂。**

只是當平淡的日子裡多了可以分享的人，世界從此變得不一樣。她以為，她可以改變。但卻沒想到，此刻的她卻比以往更加寂寞。

早上醒來小恩發現自己趴睡在床邊一整晚，疲憊的眼睛幾乎看不清周遭的東西。真希望這一切都是夢。小恩自己呢喃著。點開手機，卻沒能如願看到《晚安信》。出門前她還小心翼翼的計算過彭皓出門的時間，避免碰見。但很多時候，越是想將事情處理的雲淡風輕，就越是容易招來波濤洶湧。

「誒，妳和彭皓吵架喔？」果然任何八卦都躲不過漢娜的法眼。

「沒有啊，妳報表寫好囉？這麼閒？」小恩故作鎮定，並不想讓她知道太多。

「幹嘛啦妳，很奇怪誒，神神祕秘，弄的大家都尷尬。」

大家？小恩這才抬起頭看到廣告部對她投以怪異的眼神。

漢娜低頭小聲跟她說，「這些天大家都看在眼裡，平常形影不離的兩個人，突然像隔了一道牆，想不讓人知道都難。」

小恩悄悄地轉頭看向彭皓，只見他若無其事的打著電腦。這種感覺確實很不自在，明明誰也沒虧欠彼此，卻又互相躲著對方。下班時，當小恩準備離開公司時，餘光撇見他還在和同事討論報告。這種下意識地刻意，反而更顯得他的在意。

獨自坐車回家的路上，小恩看著街道上人來人往，她忍不住好奇揣想著魏尤里到底是誰？一個存在於未來的人此刻會在哪裡？未來的他們還有可能會再見面嗎？疑惑越滾越多，但是此時小恩心裡很清楚，不管是過去還是未來，面對人生許多問題，終究都是無解的。

晚上10：30，隔壁傳來音樂，小恩不懂此時聽歌的他究竟在想些什麼？

她拿著手機無意識地滑著，可是眼前的字卻成為一個個陌生的符號，什麼意涵也讀不懂。

她知道，再這麼拖下去，兩個人最終只能成為陌生人。這是她最不願見到的結果。拿起手機直接點了彭皓的頭像撥了過去，電話那頭響了很久，只剩音樂迴盪在兩個句號之間。

「喂？」聲音有些低沈。

「睡了嗎？」小恩小心翼翼的問。

「還沒，在聽歌。」

「喔，我也有聽到。」

……陷入一段好長的沉默。

「妳知道嗎？」他好像突然下定決心要說出接下來的話，聲音突然變得明亮。

「我，有好幾個夜晚都是聽妳放的歌曲睡著的……」

「你是說現在放的這首嗎？」

「嗯，起初是因為討厭，非常討厭。」彭皓嘆了一口氣，繼續說道，「討厭怎麼會有人習慣在半夜放音樂，妳不知道我們這棟樓的隔音效果超差勁。我剛搬來的頭幾天，根本就無法入睡。本來是想去妳家按門鈴的，但卻在無意間聽見妳在哭泣。我不知道那天的妳究竟發生了什麼事，為什麼躲在家裡哭泣，出了什麼事讓妳哭得那麼傷心？好像就是從那天開始，我漸漸無法忽視妳的一舉一動。」

電話的那頭依然靜默，不知道此刻到底該說什麼，他說的那天小恩其實依稀都還記得。

「妳，還在聽嗎？」彭皓小聲的問道。

「嗯。」小恩緊握著手機，努力不讓對方聽出自己的情緒。

「後來……後來的每一天妳應該有發現，我變得很喜歡主動去找妳聊天，想要更認識妳一點，想問問妳那天究竟為什麼在哭泣？只是越認識妳，就越覺得妳像是個謎，不知道的事情越來越多，所以我每天都在聽著妳播的音樂，以為聽久了可以更了解妳一點。」

她緊抓著手機，不忍再聽下去。在過去那段她所不知道的時間裡，有個人曾經這麼默默地為她付出了這麼多，而自己卻渾然不知，只顧陷入無止盡的自憐自艾。

「彭皓，真的很謝謝你願意跟我說這些。」

「誒，拜託，妳現在是要發我好人卡嗎？」彭皓自嘲說著。

「我是真的很感謝你，雖然我這些日子以來都沒有跟你說。但謝謝你讓我知道，原來在這麼多難以忍受的黑夜裡有人陪著我。」

他沒有說話，安靜的聽小恩把話說完，好像已經知道她接下來要說的話。

「彭皓，我其實是個很自私的人，只在乎著自己的感受。我很不善於表達，所以只敢躲在文字背後表達自己的情緒與心情……我不知道這樣說你能不能懂，我只是想跟你說，我覺得我不值得，也不配讓你對我這樣的好。」接下來的話，真的很難說出口。拒絕別人的喜歡真的不容易，尤其是，拒絕一個善良的人。

小恩深呼吸後，努力拼湊著腦海中一直想說的詞彙，「你是一個很好很好的人，對我也很好，我其實也一直都知道你對我的這份好究竟是代表什麼意思，但我就是想逃。不斷地在閃躲你對我付出的心意，因為你對我越好，我就越覺得自己真的很差勁，對不起，浪費了你那麼多時間……」

隔著手機，小恩無法得知彭皓的表情。但已無法再繼續說下去，只聽到她的內心不斷說著對不起。

他的房子裡依舊播著音樂，那首她每晚聽的歌。

**And I love you so**

**The people ask me how**

**How I've lived till now**

**I tell them I don't know**

她想起自從和彭皓認識以來，對她說過無數次「需要幫忙時可以找我」的話語，她幾乎數不清有多少次，只是笑笑的說不用。數不清有多少次，她在彭皓的面前選擇偽裝自己、偽裝成另外一個人。

她突然明白魏尤里說的那句：「了解就是妥協的開始。」

彭皓總是無法進入她的世界，那是因為她自己從未真的相信過別人。小恩總是想著，如果把心事跟他說會不會造成他的負擔？這麼晚敲他是不是很不禮貌？她總是習慣顧慮別人的感受，將自己的內心的想法藏至深處。

如果沒能在愛情的面前坦承，那麼對方即使給了再多的愛也會變成一種遷就。

「對不起，彭皓。」小恩感到內心隱隱作痛。

愛沒有錯，只是愛的方式不是自己喜歡的，所以錯過了……。

他們之間在無數個繞來繞去的句子裡，埋藏了太多謊言。

最終，誰也不曾真正了解過對方。

夜晚月光皎潔，小恩還是待在房間裡她最熟悉的角落。此時的她，很想與人說說話。但是她也知道那個人，已經從此消失了。

**有些人用盡千言萬語，在別人心中依然留不下支言片語。**

**有些人僅僅用三個字，就足以永遠銘刻在別人心上。**

連續好幾個禮拜，小恩幾乎不曾在樓梯間或是辦公室與彭皓見到面。或許是他們刻意的避開，或許也算是一種默契。不說話，好像就可以暫時當作什麼事也沒有發生過。偶爾在家門口碰見，兩個人還會禮貌的點點頭，就像剛認識那樣。也許這樣陌生下去，可以彼此相安無事，但不知為什麼，內心的疙瘩卻因為時間無限放大。週五小週末下班回家，小恩一出電梯就看到彭皓提著白色塑膠袋站在她家門口。

彭皓正專注地低著頭滑手機，就連小恩走近也沒察覺，「彭皓！」

他這才抬起頭，慌張的收起手機，說，「剛下班啊？」

「嗯。」

「我，剛剛在超市看到這是新上市的水果酒，我想說妳週五不是都愛喝兩杯嗎，就順手給妳帶了幾瓶。」彭皓說話時，沒有注視著她。

「這，不用了，你自己留著喝吧。」小恩看著眼神飄忽不定的他。

「拿去吧，我不喜歡喝水果酒，給妳買的，」彭皓邊說邊將手中的袋子塞給小恩，「我先走了，晚安。」

「那個，彭皓。」

彭皓停下倉促的腳步，轉身看向小恩。

「可以陪我聊聊天嗎？反正你買那麼多我也喝不完。」

兩個人就這樣緩緩散步到社區旁的小公園。

秋分的公園裡，四處都散滿了落葉。他們每走一步，都會發出颯颯的聲音。

「那裡有個小涼亭，去那裡坐坐吧。」小恩指著前方的紅色的雙斜屋頂涼亭。

「想不到這個時間公園裡還那麼多人。」

「對啊。」彭皓似乎是感到不太自在，一路走來都是心不在焉的樣子。

小恩偷偷看了一眼彭皓，見他心裡有事，直接開口，「彭皓，我們其實不用這樣刻意避開彼此的。」

彭皓的眼神有些猶疑，似乎在想著適合說出口的回話。

「我們還可以當朋友嗎？」小恩看著彭皓沒有表情的側臉。白皙的肌膚，凌亂的瀏海，緊閉著雙唇，外貌和他們初次相見時一樣。

「妳還願意和我當朋友，我真的很開心。」這好像是他從剛剛的沉默中好不容易找到的話語。

小恩微笑著點頭。兩個人相視沒有多說一句話。就一直坐在公園的涼亭內，有一搭沒一搭地聊著無關緊要的話題，看著人潮來來去去。

「大家好像都回家了，我們也走吧。」小恩拍了彭皓的肩膀。

「小恩，我可以問妳一個問題嗎？」

小恩轉過身看著他沒有說話，就像是種默許。

彭皓繼續自顧自地說，「如果，我當時勇敢一點，用真實的自己面對妳，告訴妳，我喜歡妳，現在的我們會不會變得不一樣？」

一個無解的疑問飄散在空中，每一字每一句都顯得清晰無比。就連小恩眼前的這個男孩，在月光下都能襯得更加閃耀。不知為什麼這個問題讓小恩不禁湧出了淚水，她看著面容模糊的彭皓，沒有回答。

她就這樣頭也不回的回去了。

這就是結局了吧？

如果他勇敢，現在會不會不一樣？

也許會，也許不會。但好像都已不太重要了。

彭皓看著小恩的背影，回想起那天他一路跟著小恩到創意研發中心，特意在路上挑了頂粉紅色的安全帽想要載她回家。也就是那天，小恩第一次坐上了他的車，彭皓騎著車從後照鏡中看見後座的小恩低頭流著淚，他忍不住說了句「我喜歡妳。」。

只可惜，風把這唯一一次的告白帶走了，她沒有聽到他的真心。

錯過了，終究還是錯了。

# 第七封：昨晚，你睡得好嗎？

「人生真的好難，但再不怎麼精彩的人生，都有值得活下去的理由。」小恩不知怎麼的，這幾天腦海裡不斷浮現過去他曾寫在信件中的一句話。

再次按下《晚安信》，空白的收件匣裡沒有留下一點痕跡。自從上次《晚安信》出現問題後，頁面就始終停留在「道歉啟事」，上面寫著APP出現嚴重BUG，待找出問題後才會繼續上線供廣大用戶繼續使用。

這是與**Night Boy**失聯後的第25天，在這短短的25天裡，小恩腦海裡出現過無數種假設。每一天都會無限繁殖出一種可能，她試著逼自己去相信，或許**Night Boy**根本就不曾存在過。或許**他**壓根都也不想見到她所以才會這樣躲著她，又或許這是上天開了一個巨大的玩笑……。可是過去話語、那些點亮無數夜晚的日子，在黑暗中又是那麼的鮮明。

該死的記憶，無論小恩怎麼想，就是無法說服自己相信他其實並不存在。小恩猶豫的寫下了最後一封信，即使她心裡明白，這封信，終究無法寄到那個人的世界去。

**To: Night Boy**

**不管你是誰，無論你在哪裡，都來找我好嗎？**

**我好想你。**

**真的好想好想……**

**ID：無法入睡的可憐蟲**

小恩打上了最後一行字，淚水沾濕了螢幕，沒有勇氣再繼續寫下去。她緩緩地抬起頭，看見月亮盡職地守著夜晚。或許月亮無法知道，這些看似短暫的時光裡，她究竟經歷了怎樣的人生。但是此刻的小恩心裡明白，**Night Boy**就像是上天派給她的守夜人，陪她度過每個暗黑的夜晚。原來借了太久的月光，總有一天是要還的。

黑夜裡，小恩反覆聽著那首歌。

**And yes, I know how lonely life can be**
**The shadows follow me 'n' the night won't set me free**
**But I don't let the evening get me down**
**Now that you're around me**

彷彿在歌裡，他依然還存在著。所以她按下無限循環，不願讓這首歌結束。

真的結束了嗎？

時間會是線性的往前，還是像無限循環的歌曲那樣，結束了還會再繞回同一個原點呢？

有些答案就像在和你玩躲貓貓，越是想要知道就越是難以察覺。正解偏偏都會出現在意想不到的時間之外。

時隔二十年，初春，剛滿46歲的小恩成為全球百大傳媒企業微讀傳媒股份有限公司的執行長，就像魏尤里當初跟她說的那樣，小恩如今活成了自己想要成為的樣子。她現在是個自信且有魅力的女人，對自己所做的決定有著十足的信心。因為她早已帶領公司創造無數次佳績，國際新媒體獎、百大影響魅力人物獎，幾乎成為媒體新寵兒。每當記者都愛問她為什麼總是可以對自己做的每個決定都那麼有信心時，她總是說：「與其說我很有自信，倒不如說，我從很久以前就看到了未來。」說完後，露出一臉不可言喻的微笑。

剛走回辦公室，便看到門口懸浮著一大串投影字幕，上面寫著「二〇四〇年，新生代最崇拜的企業家第一名」，一旁還不斷跳轉出小恩歷年來得獎與採訪的畫面。

小恩轉過身，早就知道是新媒體部的同事在搞鬼，似笑非笑的說，「好了，還不上班啊？」語音剛落下，沒有人回應。突然在不遠處角落聽到一陣嘀咕聲，投影在門口上的字幕順著藍光收了回去。一群人紛紛從側門還有小門冒出，搶先開口的是人稱八卦王的阿麥，「恩姐，這麼驕傲的獎項，當然值得慶祝一下啊！」

「我就知道，就你鬼點子最多。是活膩了，還是平常給你們的工作太少？」

眼見恩姐板著一張臉，平常話最多的阿麥頓時煞白了臉，深怕自己飯碗不保。小恩看了他一眼，接著環視著周圍人群，忍不住笑了出聲說，「要慶祝，至少也要下了班再說，罰你去訂那家排超久的網美限量餐廳。」

「是，遵命！」

才一個上午，又是採訪又是慶祝的，小恩終於可以躲回自己的辦公室，緩緩卸下從早上開始就讓她感到相當不適的高跟鞋。

不料，她才剛剛脫了左腳的鞋，羅秘書就已經準備著iPad開啟下半天忙碌的行程。

「李總，下午約3：30有個名為『第四版』的新媒體要來採訪。」小恩挑起了一邊的眉毛，沒有回話。羅秘書繼續一板一眼的展開行程演講。

自從創立微讀傳媒以來，小恩根本就沒有休息的時間。每天都在和時間競賽，她似乎真的達到了自己的目標，完成了夢想，但心中總有一個缺角，在夜晚隱隱作痛。

華燈初上，她習慣站在辦公室內的一角眺望遠方的101。在這偌大的城市裡，喧鬧的好寂寞。夜幕降臨，她彷彿又回到過去，那個總是躲在租屋處哭泣的女孩。

一大片落地窗上映著小恩失落的神情。早上的歡笑之於她，遠的就像一場夢境。

做夢，是她在夜晚最期待的事。因為在夢裡，或許能再次與他相遇。

桌上手機響起，小恩撇頭一看，螢幕顯示「媽媽」。

「喂？」

「喂？小恩啊，妳吃過沒有啊？」

「吃過了。」小恩按著乾扁的肚子，有些心虛的回答。

「妳吃什麼啊？」真不愧是自己的親媽，只用三個字就能拆穿她的謊言。

「我就……漢娜買給我的啦，外賣啦。」都已經那麼大的人了，說謊還是會緊張。

「少來了，媽寄了一些補品還有張媽媽上次說很適合妳喝的那個養生雞精……」

「媽，妳這麼擔心我，幹嘛不過來和我一起住啊？我都說了幾次了，我現在在台北有房，還特地空出房間給妳，妳就……」

「唉，妳那大房子我不習慣啊，去哪都不方便，不要。」小恩話還沒說完，媽媽就先發制人。

雖然這樣的對話在過去20年來不曾間斷，但媽媽頂多只會在小恩生病或是生日的時候才會特地北上，其他時間，她還是喜歡在過去桃園的家。

小恩其實心裡都明白，媽媽不願意搬家的原因，只是不願意拆穿她。媽媽在等一個人，就像她一樣。在等一個或許從此都不會再出現的人。她們母女總是相似的讓人感到心疼。

其實這些年來，小恩過得確實也不算孤單，曾經試著談過幾場戀愛，愛過人，也被愛過幾次，但這些人來來去去，始終無法填補她心中的那個缺口，不知是因為缺乏愛的勇氣，還是只想把愛留給心中的那個他。

「對不起，我想我還是不夠愛你。」這樣的話出現的太多次，多到外界都有傳聞，說微讀傳媒的執行長其實最愛的是自己。

漢娜曾不只一次苦勸過她，對於那個從未出現在現實生活中的人，就好比從來不存在一樣，不需要刻意念念不忘，白白浪費了自己美好的青春年華。小恩邊聽總會邊笑著說，「不想了，再也不想了。」聲音小到不知道是說給誰聽，就連自己也不願意相信。其實小恩自己也不明白，對於一個從未真正見過的人，居然就能這樣長久的住在自己心裡。

他們未曾並肩走在一起，他們從未聽過對方說話，這個人就像是憑空出現在自己的記憶裡，又近又遠。

**近的時候，他們彷彿已經認識了好幾年，或者是好幾年前他們早就該認識。**

**遠的時候，他們兩個就像是黑夜與白天。總是錯過，始終遇不到對方。**

究竟她愛上的是幻想中的他？還是從未得到過的他？沒有人能有解答。

「我總覺得雖然妳和我在一起，但妳卻總是讓人感到很陌生。」這是某一任男友對她說過的話。

陌生？看來我又再下意識地將人推開了。小恩暗自揣想著。就像當年她對待彭皓那樣。

這麼多年來，彭皓也是杳無音訊，在這個四通八達的網路世界裡，竟然也能消失得無影無蹤。

二十年前的那些事，久遠的就像上輩子一樣，不時地在腦海中上演默劇。過去的畫面、過去的記憶，就像心上的一塊疤。最近小恩總會沒來由的緬懷起過去，像是媽媽看到她成立公司的那天、離職後第一次再見到夏姐的那天、彭皓說要出國留學的那天、漢娜結婚的那天，當然還有Night Boy消失的那天……。

人生就是不斷的畫面累加，回憶的時候，彷彿就像在看著別人演的戲劇，我們成了戲裡的啞巴，讓結局自己萌芽。

不用猜也知道，現在就是過去的結局。

「如果早知道結局會是這樣，你還會想要遇見我嗎？」

在無數個思念的日子裡，小恩問了千遍這樣的話。

「別再說沒有任何人了解妳，妳只是刻意地閉上眼睛、摀住耳朵，妳根本就沒有打算讓任何人了解妳……」和第N號男友分手的那天，剛好喝完公司第三年的春酒晚宴，小恩微醺地回到家。

分手這件事，好像經歷的夠多就能變成一種自動化流程，從悲傷可惜遺憾，到後來釋懷感謝祝福。標準化的情緒反應，為每一個逝去的戀情祭悼。

若真要說這次分手和三個月前的那次分手有什麼差別，小恩大概會說，難過的時間變得更少短了。

或是說，上述所要經歷的標準化情緒已經變得更加濃縮。她大概已經可以用1.5倍速處理這些多餘的情感。只是這次同樣維持不到三個月，好像已經不知道該怎麼去難過了。

她望著寧靜的空氣裡，不知怎麼的，突然好想他。好想知道他現在過得怎麼樣，好想告訴他自己終於感覺到幸福，好想知道他會怎麼看待現在的自己，好想聽他說說話，好想親眼見見他。

「你也會替我感到開心的，對嗎？」她站在陽台上舉起高腳杯，對著天空大喊。

寂靜的月光下，小恩又度過一個沒有答案的夜晚，她還是喜歡在夜深人靜的時候自問自答。人有的時候會因為時間改變，有的時候時間在他們身上卻起不了任何作用。

不過就是在那晚，她知道，她又可以再次夢見了他。根據她的睡眠治療師Mike紀錄，小恩幾乎每隔24天都會夢見那個人一次。這樣規律的做夢次數，讓長期研究人類睡眠潛意識的Mike都感到相當吃驚。這次出現在小恩夢裡的他和過去無數個夢境一樣，身穿白襯衫搭配牛仔褲。模糊的臉龐依稀看得出他白皙的肌膚。他朝著她走過來，靜靜的沒有一點聲音。

畫面突然有些搖晃，是身旁的鬧鐘正在敲碎夢境。

「再一下下就好，哪怕只有一次也好，我想看看你的臉。」小恩緊拉著被子，像是害怕夢會被揭開。

夢中的男孩像是聽到了她的願望，走得更近一些，她看到了他自信的微笑，溫柔的雙眼。

下一秒，變成了刺眼的陽光。

她拿起一旁的手機，不耐煩的接起。

「喂？」

「喂？大小姐，妳到底要睡到什麼時候啊？」電話那頭的漢娜扯著大嗓門，生怕小恩又跑到什麼訊號不好的地方躲起來。

「什麼啊？今天要開會？」小恩提高的音量在房間裡迴盪。

「天啊，妳竟然忘了？」

「蛤？」

「今天是新人招募會，妳不是都要親自面試的嗎？」

「糟了！」

每年二月照慣例公司會對外招開新人面試，小恩基本上每年都會參加，因為她總覺得可以從這些面試場合了解更多年輕人對工作的態度又產生了什麼變化。和當年的自己有沒有什麼不一樣，這成為她決定是否要錄取的關鍵標準。

就像她身邊的羅秘書，起初並不被公司內部看好，人資部的美美在反饋時，還狠狠的數落了一番。但小恩不知道為什麼，總能從這個女孩的眼裡看見當年的自己，有股野心也有種堅毅，於是小恩不顧眾人反對，堅決把她留下來。

羅秘書進到公司後便迅速展現她被低估的實力，用漢娜的話來說，像是「拿到神的劇本」一路開外掛，跌破眾人眼鏡，當初笑話她的人現在早已捲鋪蓋走人。羅秘書的表現果然沒讓小恩失望，她從畢業進公司以來便一路跟著小恩成長，現如今早已成為小恩不可或缺的得力助手。

小恩喜歡這樣，就像是在彌補過去曾不被受重用的自己一樣。讓有夢想也肯努力的年輕人也有發光發熱的舞台。

還來不及慢慢細想過去，經過一番慌亂的梳洗後，小恩下樓立即坐上助理的車，邊補上口紅邊與漢娜視訊。

「妳快點來啦，今年來了好多新人，也不知道是因為聽聞我們在業界小有知名度還是怎樣，都是小鮮肉喔！」

「囉唆，誰跟你小鮮肉，我十五分鐘內到。」

漢娜還是老樣子，敏感的小鮮肉偵測器，現在彷彿只有她，才能讓小恩頓時卸下心防。

到了第二十五位，人資部部長漢娜用著堅定的語氣說：「請你簡單自我介紹一下。」

小恩正忙著整理前一位面試者的資料，壓根就沒發現，這位第二十五號面試者從一進來到現在都一直在注視著她。

「那個，這位先生，請你簡單自我介紹一下。」漢娜再次提醒，但語氣明顯較為溫柔。

男子像是這才回過神，大聲的說，「我叫做魏尤里，今年二十六歲，剛從研究所畢業，喜歡寫作，目前是貴公司旗下平台的專欄作家，我喜歡撰寫的題材很多元，特別是……」

男子突然停止介紹，因為他發現小恩終於抬起頭來，兩人一對視，彷彿全世界只剩他們。

會議室裡每個人都停下了動作，看著小恩與男子目不轉睛地看著彼此。

女孩只聽見男孩接著說了句：「讓我感到熟悉的人、事、物。」

霎時間，過去回憶漸漸散開，小恩抬起頭，看見身穿白襯衫男孩踩著陽光走向她。

耳邊聽見輕輕的聲音，說著，「嗨，昨晚，妳睡得好嗎？」

（本集完，待續）

# 彩蛋（一）：被刪除的信

## 回收桶信件（一）

To：無法入睡的可憐蟲

故事應該從哪裡開始說起？好幾次我都想過要和妳坦承這一切，但看著妳越是陷入其中，我就越加無法正視這件事。

我是彭皓，這個《晚安信》的APP其實是我大一時期的作品，起初就是做著好玩的。反正無聊睡不著就這樣創造了這個東西出來，而我的ID名稱就是大學生很中二的「Night Boy」，後來出了社會便許久都沒怎麼在用了。

直到，妳出現了。

當我知道妳有失眠的困擾時，我一心想要幫助妳也想藉機更加瞭解妳，於是我便與妳分享使用《晚安信》這個APP，我刻意重新設定了規則，好讓我能和妳通信。我想等到妳漸漸開始信任我，認識我之後，我再跟妳坦誠我其實就是Night Boy。

可是，事情開始和我想像的不太一樣，一切的錯誤就此開始。

我發現，有好幾次我根本就沒辦法收到妳的信，所以我根本無從回覆。偶爾收到妳的來信時卻是提及我從未說過的事，這使我更加確信，原來Night Boy另有其人。我不知道這樣寫妳能不能理解。但我向妳保證，我現在所寫下的一切全都是真的。雖然我到現在還是不明白到底是哪個環節出現問題，但是可以確信的是，某個人交錯在我們的信件當中。我不知道他究竟是誰？為什麼可以參雜在我們兩個的信件中？這個APP到底出現了什麼我不知道的問題？

我只知道，他和我一樣，對妳都有著與眾不同的情感。這讓我更加害怕對妳說出一切的真相。

我很抱歉對妳說了謊，希望有一天我可以不用靠著這封信，面對妳直接說出這一切真相。

親口告訴妳，我喜歡妳。

真心希望有那麼一天。

**ID: Night Boy2020**

# 回收桶信件（二）

**To：無法入睡的可憐蟲**

早上醒來，我給自己叫了一份能量早餐。但是還沒吃幾口，就想到了妳說喜歡吃吐司夾蛋配上花生醬。我連忙從網路上下單，準備自己著手做早餐。這是我第一次做早餐，是和妳通信後的第三週，突然覺得很好奇，這個女孩喜歡吃的東西，究竟是種什麼樣的味道。

接著第四週、第五週，我都在不斷想像著與妳一起共進早餐的模樣。我想著會不會有一天，我們可以相遇，然後一起吃一頓早餐，讓我做給妳吃。與妳通信後的第七週，我突然好想見到妳。於是我動用身邊的數據庫，可惜查到的都是與妳未來相關的新聞。這是在與妳通信後的第十五週，我突然發現，原來我們並不在同一個時空當中。

在我這個世界裡，妳是一個很有名望的企業家，還一舉奪得新世代最崇拜的企業家冠軍頭銜。妳說話總是很有自信，即便身邊常常有不利於妳的八卦新聞或是負面消息，妳總能運用智慧成功化解。

當我知道這個厲害的企業家就是妳時，除了驚訝，更多的是心疼。心疼妳遭受著曾經和我一樣的失眠，心疼妳在實現理想之前過得如此疲憊茫然。我好想陪在妳的身邊，但即便我身處在如此高科技的時代裡，仍舊還有許多難以完成的願望。

曾經在內心祈禱過千百次，好想與妳見面。可惜，這個願望，從來都不曾實現。不知道是因為祈禱的不夠誠懇，還是其實自己根本沒自信站在妳的面前。妳在我的世界是那麼閃耀動人，而我僅僅是個不得志的小作家。

但是如果真的有一天，命運讓我們得以相見，我好想親口問問妳，今天過得好嗎？晚上不要再失眠了。不要總是勉強自己一個人。會難過要說。感到無助的時候，不要先用生氣壓抑自己的無助。

還有，最重要的是，我永遠都牽掛的那件事，

昨晚，妳睡得好嗎？

**ID: Night Boy2040**

# 彩蛋（二）：回到過去時空膠囊

二〇四〇年十月二十二日，一名年約25歲上下的男子拉低了帽子，悄悄的走進時空旅行社。他環顧了四周，將目光盯在了左前方的「回到過去」窗台。正要走近時，站在門口的店員伸手將他攔下。

「請問您需要什麼樣的旅遊類型呢？」問話的是個戴著藍光眼鏡的長臉男。

男子看了他一眼，又再次把帽子壓得更低，把頭撇過一邊回答道，「我自己看看吧。」說完便頭也不回的往「回到過去」的窗台走去。

「您好，您想選取回到過去的旅遊項目對嗎？」坐在窗台後的是旅行社最新款的ＡＩ小姐，她用著365度零死角的笑容看著眼前坐立不安的男孩。

「對，我要回到過去，而且越快越好，最好是可以立刻出發的。」

「好的。您有詳細閱讀過行前須知了嗎？」ＡＩ小姐很有禮貌地回答。

「我……有。」

「那請您在這上面簽名。」ＡＩ小姐俐落地舉起右手在正前方畫了個圈。

男子伸出一根手指在空中比畫了一下，隨即完成簽名程序。

「幫您安排今天晚上出發的時空膠囊，但因為這是熱銷品所以有時間限制，也就是您需要在五個小時以內回來，否則……」

「我知道了，這已經是最快的對吧？」男子心急地看著持續散發微笑的ＡＩ小姐。

「是的。」

男子安心的點點頭，隨後拿著時空膠囊的門票轉身離去，無視於放在ＡＩ小姐後面偌大的告示牌。

時空膠囊行前須知：

旅行者可能會在過程中產生以下不適反應，

一、記憶錯亂，分不清楚現在與過去的時間。

二、時空折疊焦慮，將會有5～7天的時空焦慮症。

三、其他不良反應，可追溯至往後70年。

傍晚，男子換上一身白色襯衫搭配深藍色牛仔褲，站在了時空膠囊登機入口，不斷在口中唸著，「不知道來不來得及。」

「您好，請出示登機牌。」ＡＩ機器小姐正對著他說話。

男子拿出時空膠囊登機門票。

過沒多久，ＡＩ機器小姐通過眼睛辨識確認身分無誤後便將他帶至Ｗ５０１號時空膠囊的位置。

「這就是您的機位，請按照一旁的圖示進入膠囊內。」

男子躡手躡腳的走進了眼前螢光色的橢圓機器中，緊張地握著一旁的把手。

「放輕鬆，這會是一場難忘的旅行。祝您旅途愉快，期待下次相見。」

下一秒他緊閉了雙眼，只聽見耳朵不斷發出嗡嗡的聲響。不知道是過了多久，當他再次睜開眼睛時，忽然發現自己正在搭乘手扶梯，他在不到一秒的時間內快速的左右張望了一下，這才知道原來自己現在是從捷運站口出來。他抬頭看著眼前陌生的城市，不禁感到有些緊張。手中配戴的高智慧型手錶正記錄著他此次旅行的時間，他心想著：「只有五小時，不要浪費了。」

正當他慌亂著查找當前位置時，一抬頭不經意看到了站在天橋上的女孩，無神地望著橋下的車水馬龍。男子趕緊跑上階梯，再過不到十秒，月光下的兩人將有了第一場相遇。

10……9……8……。

# 【後記】睡不著的晚安記事

二〇一九年十二月，一個漆黑的夜晚，我在書房裡獨自想像出了一個無眠女子的故事。當時只想到了開頭，從未想過她的結局是什麼。

因為當時我正經歷著第一份工作的結局。那段迷惘不知所措的時光，讓我日日品嚐著失眠的滋味。

夜裡，全世界都是安靜的，聒噪的只剩下自己。在這段睡不著的時間裡，我開始細數著過往工作的每個日常，上班打卡、下班趕車，每天都在與時間賽跑。我想，許多人的一天也都像這樣，分不清白天黑夜。上班時帶著睡眼惺忪的臉，下班掛著毫無血色的一號表情。

這讓我不禁想起，曾經有位導演說過，**「腦子動太多，心就不會轉了。」**好像真的是這樣，機械化的工作狀態，幾乎無法考慮心的存在。今天就像是昨天的延續，而昨天和今天沒有任何的不同，就連明天也都是一樣的。上班時，理性永遠都會擋在感性之前解決所有事物，不停地動腦，又不停地解決一個又一個問題，這樣長時間高壓的工作狀態，導致我有好長一段時間耳朵裡會不斷發出嗡嗡的聲響，就像一台壞掉的機器。

依稀記得，那時的心永遠都是不安的，永遠擔心著漏接訊息、永遠擔心做錯事情、永遠都在攀比著誰好誰壞。就好像在真實的世界裡，每個人都是忙碌的，忙碌的說話、忙碌的做事、忙碌的無暇顧及自己內心真正的感受。也因此，當時的我才會特別害怕黑夜的降臨，因為當周遭都趨於寂靜時，就無法再有藉口對自己說謊。於是每一夜都像是種對自我的審判，而且沒有一次可以順利過關。

現在回想起來，原來這樣對生活的無力感，是因為我的心不會轉了。

在經歷無數個失眠的夜晚後，內心突然極度渴望著他人的陪伴。即便那個人不用多說什麼安慰的話，他的存在本身就是一股溫暖的力量。因為知道有他在，所以夜晚不用再孤單。就像故事裡的魏尤里和小恩。他們都是失眠的孤獨人，恰巧在APP碰見，並開始共享彼此的心事與秘密。雖然他們從不認識，但就是因為這樣的毫無關聯才會讓人更願意敞開心房。這種關係很奇妙，面對自己的親人都未必能有這樣的坦然。特別是對於這群90後、00後的網路新世代來說，這樣用APP交流的方式會比面對面交談更為自在。

其實這也早就是我們生活的常態，許多人習慣用訊息拆分想要表達的意涵、用貼圖形容自己的感覺。已經越來越少人會用完整的句式、飽含情感的文章來與他人真心交流。但就像書中所說的那樣，**「文字是可以救人的」**，一句無心的問候、一則溫暖的告白、一篇動人的文章。這些全都會自帶閃光拯救無數個灰暗的時刻。

這樣說來，《晚安信》就是個多麼特別的存在。它讓人懂得慢下來整理一天的悲歡；也讓人知曉吐露心聲的重要、體會有人陪伴的美好。

當然，即便《晚安信》的設定有多麼完美無缺，這個故事本身卻與完美無關。

如果你有仔細留意，就會發現《晚安信》寫的是一個個不完美的人生，故事裡的主角其實都有著自己的不足。小恩的優柔寡斷、魏尤里的灰心喪志、彭皓的不夠勇敢、漢娜的趨炎附勢……這些人全都不完美，但卻很真實。他們就像是真的生活在我們周遭的朋友一樣，也可能是你自己本身就存在這樣的性格缺陷，每個人都有自己的課題需要解決。

不過，我無意創造毫無瑕疵的角色，更無法寫出沒有缺陷的故事。我一心只想寫一個很安靜的故事。就是故事本身不需要有太多炫技、花俏的文字，沒有驚濤駭浪的情節，單純是一個看完之後可以讓人感到很安靜的故事，平平淡淡的卻又蘊含著溫暖的感覺。然後也許過了五到十年之後，你再回頭翻一翻這本書，到時你就會發現，它多了別的力量在裡面。

真心希望每個讀完這本書的人，都能感受到這種安靜的力量。

最後，謝謝堅持將這本書看完的每一位讀者們，我不知道你們是誰，但我知道，我們都可以成為彼此黑夜裡的一抹光。

今後，我將會延續這抹光，為更多人點亮每個黑暗的時刻。《晚安信》系列，未完待續。

二〇二二年四月，《晚安信》在完成校對接近出版的時候，我終於看到了主角的結局。

此刻，心又開始再次轉動了。

二〇二二年四月　微讀

釀愛情16　PG2763

# 晚安信：在城市裡下載妳的愛情

作　　者　微　讀
責任編輯　喬齊安
圖文排版　蔡忠翰
封面設計　沈文婷
封面完稿　劉肇昇

出版策劃　釀出版
製作發行　秀威資訊科技股份有限公司
114 台北市內湖區瑞光路76巷65號1樓
電話：+886-2-2796-3638　傳真：+886-2-2796-1377
服務信箱：service@showwe.com.tw
http://www.showwe.com.tw
郵政劃撥　19563868　戶名：秀威資訊科技股份有限公司
展售門市　國家書店【松江門市】
104 台北市中山區松江路209號1樓
電話：+886-2-2518-0207　傳真：+886-2-2518-0778
網路訂購　秀威網路書店：https://store.showwe.tw
國家網路書店：https://www.govbooks.com.tw
法律顧問　毛國樑　律師
總 經 銷　聯合發行股份有限公司
231新北市新店區寶橋路235巷6弄6號4F
電話：+886-2-2917-8022　傳真：+886-2-2915-6275

出版日期　2022年6月　BOD一版
定　　價　300元



讀者回函卡

**Printed in Taiwan**

國家圖書館出版品預行編目

晚安信：在城市裡下載妳的愛情/微讀著. -- 一版.
-- 臺北市：釀出版, 2022.06
面；　公分. -- (釀愛情；16)
BOD版
ISBN 978-986-445-661-1(平裝)

863.57　　111005720